Pele e Osso

Luis Gusmán

PELE E OSSO

Tradução
Wilson Alves-Bezerra

Posfácio
Beatriz Sarlo

ILUMINURAS

Capa
Eder Cardoso / Iluminuras
sobre foto de Samuel Leon

Revisão
Ana Luiza Couto
Daniel Santos
Alexandre J. Silva

(Este livro segue as novas regras do Acordo Ortográfico da Língua Portuguesa.)

Dados Internacionais de Catalogação na Publicação (CIP)
(Câmara Brasileira do Livro, SP, Brasil)

Gusmán, Luis
Pele e osso / Luis Gusmán ; tradução Wilson
Alves-Bezerra. — São Paulo : Iluminuras, 2008.

Título original: El peletero.
ISBN 978-85-7321-288-4

1. Ficção argentina I. Título.

08-03176 CDD-ar863

Índices para catálogo sistemático:
1. Ficção : Literatura argentina ar863

2009
EDITORA ILUMINURAS LTDA.
Rua Inácio Pereira da Rocha, 389 - 05432-011 - São Paulo - SP - Brasil
Tel./Fax: 55 11 3031-6161
iluminuras@iluminuras.com.br
www.iluminuras.com.br

Ao meu irmão Oscar.
A Fernando Fagnani e Marcelo Gargiulo.
Sem eles, este livro não teria sido possível.

Sei que muitos falavam mal de Loney, mas comigo ele sempre foi fabuloso. Até onde me alcança a memória foi fabuloso, e creio que teria gostado dele mesmo se tivesse sido qualquer um ao invés de meu irmão. De qualquer forma, alegro-me por ele não ser qualquer um.

O guardião de seu irmão.
D. Hammett

justo no rio
dessa perda
onde
o que fica nervoso
perde
e não encontra
seu leito

O rio ébrio.
Lucas Soares

ÍNDICE

I

O piloto da lancha se chamava Bocconi. Não dava para saber se com os anos sua boca tinha se adaptado a seu sobrenome; ou se, ao contrário, era seu sobrenome que tinha se adaptado a sua boca. O certo é que tinha um bigode de outra época que não conseguia esconder o que não chegava a ser propriamente um gesto mas uma careta imperceptível que podia revelar os traços de alguém que está contrariado e a ponto de estourar. Mas quem o conhecia intimamente dizia que a careta que lhe deformava a cara era fruto da tensão entre a boca e o sobrenome.

Bocconi era rude demais para alguém como o engenheiro Gerardi, que nunca tinha vivido num barco. Provavelmente Bocconi já tinha experiência nisso. Entretanto, fazia o mesmo percurso com a curiosidade e o entusiasmo de quem viaja pela primeira vez.

Navegavam a bordo de uma lancha que saía de Dock Sud, atravessava o Riachuelo, passava por Lanús e chegava até pouco antes da Ponte La Noria onde uma barreira de plástico obrigava a retornar. A navegação entre ida e volta durava só umas três horas.

A prefeitura tinha proposto a despoluir o Riachuelo e torná-lo navegável. Um projeto faraônico que consistia em desmantelar os restos das fábricas abandonadas e as favelas costeiras para construir uma reserva ecológica e até um condomínio particular. Mas primeiro era preciso acabar com o mau cheiro do rio.

O barco tinha sido rebatizado como *Milagros* porque, de um jeito ou de outro, era um milagre ele sair do lugar. Às vezes parecia que trepidava; outras, que poderia encalhar e passar a fazer parte da paisagem.

O apelido do terceiro tripulante era Osso. Ninguém sabia qual era o sobrenome dele, e se alguém soube alguma vez, certamente já se esquecera. Talvez só Osso, no mais íntimo de seu ser, se lembrasse dele.

No quadro de funcionários da prefeitura, Osso constava como funcionário logístico da Secretaria de Meio Ambiente, mas nunca tinha desempenhado estritamente essa função já que era um apadrinhado político. No barco, Osso fazia de tudo um pouco, desde arrumar o motor até passar o pano na convés.

Apesar de sua aparência mostrar uma idade indefinida, Bocconi era o mais velho dos três. E fazia valer essa diferença quando era para obter alguma vantagem.

Osso tinha quase a mesma idade de Gerardi. Estava chegando nos cinquenta mas aparentava ser bem mais velho: a vida tinha marcado a cara dele com gosto. Entretanto, às vezes, algo na sua expressão e em seu modo de falar um pouco infantil faziam com que ele parecesse estranhamente mais jovem.

Já há algum tempo Osso se dizia evangélico. Provavelmente, ser evangélico era uma das coisas que o mantinham vivo.

Os dois tinham se tornado relativamente amigos e Osso, mesmo sem muita convicção, sempre que podia tentava converter o engenheiro. É provável que para Gerardi a questão não passasse por um problema de crença religiosa, e sim de pura empatia com o amigo.

O certo é que num domingo desses, foram juntos à igreja evangélica: a Rosa de Sarón. Um dia, Gerardi perguntou-lhe por que é que iam tão longe, já que a igreja ficava em Burzaco, por que é que não iam à igreja da ponte em Avellaneda. Osso respondeu: "Porque o nome da igreja é o nome daquela que foi minha mulher." Realmente, a mulher de Osso se chamava Rosa Comte.

Mas o protestantismo não foi a única razão pela qual Gerardi ficou fixado em Osso. O engenheiro, um homem muito perspicaz, logo percebeu que Osso era um ressentido. E que esse mesmo ressentimento fazia dele um homem fraco, o que despertava em Gerardi a necessidade de protegê-lo. A partir desta descoberta um sentimento contraditório começou a uni-lo a Osso. Por um lado tinha pena dele; por outro, o rejeitava.

Ao mesmo tempo, Osso precisava de Gerardi para recuperar uma ilusão perdida. Ilusão colocada em algum projeto, pois Osso achava que ia devolver a ele também certa dignidade. Mas havia outra causa, certamente decisiva: na vida, sempre tinha gostado de andar a dois. Mas a menor suspeita de que pudesse depender de alguém, já o deixava irritado e agressivo.

Na verdade, Gerardi conhecia só um aspecto da vida de Osso. Conhecia o Osso evangélico. E, de certa forma, os dois preferiam manter a amizade nesse terreno.

Nem Osso tinha nada contra ou a favor de Bocconi: já se conheciam há algum tempo, mas desconfiava um pouco dele.

A navegação era monótona e nessas três horas acabavam conversando sempre sobre as mesmas coisas. Um pouco sobre o rio, um pouco sobre a Bíblia, mas principalmente sobre algum projeto que algum dia iam realizar juntos. Às vezes chegavam a atormentar Bocconi dizendo que ele ia ficar de fora do negócio.

Os tripulantes eram sempre os mesmos. Pelas dimensões da lancha os passageiros nunca passavam de sete. Com o passar dos meses os visitantes começaram a ser cada vez mais importantes. Políticos, prefeitos e empresários começaram a viajar de maneira assídua. Isto motivou a Prefeitura a fazer com que a tripulação se vestisse um pouco mais formalmente, e para isso receberam uma espécie de uniforme que, longe de transformá-los em marinheiros, fazia com que fossem confundidos com os seguranças de alguma fábrica da região.

Quando chegou o verão e o calor começou a apertar, aquela roupa foi se tornando cada vez mais insuportável. Diante da situação, cada um dos três homens reagiu de um jeito. Osso andava sem camisa. Gerardi bebia água mineral durante todo o percurso. Bocconi pingava de suor, gotas pretas que pareciam moscas, em consequência de ter passado um trapo engordurado na cara mas também porque essas gotas eram meio pegajosas.

Na verdade, o terror de Bocconi eram as moscas dos lixões que margeavam o rio. Tinha medo delas a tal ponto que por mais de uma vez seus dois colegas o pegaram espantando moscas com as mãos. Parecia um alucinado. Quando ele percebia que Gerardi e o Osso estavam olhando para ele assustados porque não havia nenhuma mosca no ar, Bocconi reagia fechando o punho para, alguns segundos depois, tornar a abri-lo com uma velocidade assombrosa, resmungando: "Até um minuto atrás tinha uma."

Em uma dessas travessias Osso contou, com certo tom sarcástico que mal disfarçava a emoção, uma história que tinha acontecido com ele há muito tempo, mas da qual nunca tinha conseguido se esquecer: "No velório do meu pai era verão e fazia muito calor. Eu estava parado na frente do caixão. Do meu lado, uma colega da prefeitura. Uma mulher fina e elegante, Dory Escudero. Sempre gostei dela, mas nunca tive coragem de falar com ela. Sou muito tímido. Então, de repente, não sei como, uma mosca pousou na testa do cadáver do meu pai. Fiquei meio hipnotizado. Quando consegui levantar a vista, olhei nos olhos dela. Sorrimos um para o outro. Ficamos uns minutos assim. Esperando. Até que com um gesto tentei espantá-la. A mosca parecia grudada na pele. Eu me senti ridículo. Teria esmagado aquela mosca no rosto do meu pai. Dory me olhava esperando que eu agisse como um homem. Comecei a suar como Bocconi. Ela não se mexia, parecia uma estátua. Para piorar não entrava ninguém. Estava paralizado. Até que Dory aproximou-se do caixão e com um gesto delicado, quase imperceptível, fez com que a mosca voasse do rosto do meu pai. A maldita mosca se escondeu atrás das coroas de flores. Minha colega olhou para mim e falou: 'Você deveria reclamar, o serviço é ruim'. Eu me senti um imbecil".

Antes de falar, Bocconi passou outra vez o lenço no rosto para secar o suor. Ao mesmo tempo em que, sem disfarçar, levava-o ao nariz sem se importar de que os outros dois pudessem notar que estava perfumado; talvez não considerasse que este gesto pudesse deixá-lo meio ridículo e até efeminado. Depois de guardar o lenço num bolso, olhou para Osso e disse a ele:

— Menos mal que seu pai estava morto.

Sem saber por que, quase ao mesmo tempo, os três homens começaram a rir. Não é possível afirmar se foi Gerardi quem primeiro soltou uma gargalhada, o que era meio esquisito, já que era um homem quase taciturno; ou Osso, com sua risada ancestral, aprisionada desde sabe-se lá quantos anos atrás; ou talvez o próprio Bocconi, esquecendo-se por um instante que a risada lhe deformava a boca.

O importante era que sua réplica tinha sido tão contundente que algum dia, em alguma das viagens futuras, algum dos três se lembraria da história e voltaria a rir com o mesmo estrondo que agora se ouvia no convés, enquanto o barco se aproximava da costa, que ao entardecer parecia ainda mais silenciosa.

Landa tinha dois problemas que considerava insolúveis e que com o tempo tinham se transformado em uma verdadeira obsessão: a insulina e as peles. Landa era diabético e por ofício peleteiro.

Ser peleteiro não era só um ofício, e sim a razão de sua vida. Ofício herdado junto com a diabetes de seus avós maternos. Daqueles dois polacos também tinha herdado a música. As peles e a música o acompanharam desde menino.

Em sua infância viveu no sul do país até que, pouco antes de começar o colegial e logo depois de ser diagnosticada a doença, os pais decidiram se mudar para a capital. Ele não tinha como saber que com essa mudança seu mundo se transformaria de repente.

Mas hoje Landa não estava com a cabeça na infância e sim em sua situação atual.

Buenos Aires, junto com os costumes, tinha perdido o frio. Os verões e as estações quentes se alongavam além do habitual. "Na política não há transições claras. Tudo é confuso. Como o clima", pensou com certa resignação, calculando que até o fim do ano não haveria mais inverno.

Depois deste raciocínio, Landa teve uma sensação quase cósmica. Sua pequena loja de peles estava ameaçada por combinações complicadíssimas que incluíam correntes subterrâneas que giravam ao redor do planeta que corria o risco de entrar em colapso climático. Furacões que começavam em lugares estranhos e que, para piorar, tinham nomes de mulher. Inundações, fruto do desmatamento da Amazônia; e outra catástrofe ainda mais próxima como a seca das Cataratas do Iguaçu. A loja dependia cada vez mais de coisas que escapavam das suas mãos.

Nessa manhã, como fazia todos os dias, Landa foi abrir sua loja. Decidiu não entrar no café para não ter que ler os jornais que aumentavam ainda mais seu desassossego. Era provável que os outros clientes habituais do café falassem da recente baixa nos mercados asiáticos e a consequente queda da bolsa. Então invadiriam sua cabeça nomes de lugares exóticos que antes só existiam nos romances de aventuras.

O peleteiro odiava os progressos tecnológicos, ainda mais a televisão via satélite, porque aumentavam ainda mais seu desconcerto.

"O ramo das peles está ficando cada vez mais difícil", resmungou entre dentes, enquanto em seu percurso evitava passar pelos dois *night clubs* da região que à luz do dia e sem as luzes noturnas se tornavam deprimentes.

Landa sempre chegava à peleteria pelo mesmo caminho. Pegava a Las Heras e dobrava a esquina na Callao. No último trecho ele apertava o passo: tinha o costume de chegar cedo, mas também o medo de que sua funcionária, Matilde, chegasse antes dele.

Nesses cinquenta metros finais era obrigado a passar pela delegacia, o que era sempre um empecilho para andar mais rápido, porque tinha medo de que o confundissem com algum suspeito. Landa sabia que era uma preocupação besta, porque bastaria atravessar a rua para evitar o perigo e relaxar. Este percurso acelerava seu ritmo cardíaco, problema que, nos últimos tempos, deixava o peleteiro em estado de alerta.

Sempre que chegava à porta da loja tinha o mesmo pensamento: "Podia ter escolhido outro caminho".

Matilde, além de ser a funcionária, era sua prima. Ela era do ramo polaco e na família costumavam empregar os parentes.

O peleteiro ergueu a porta de aço da loja. Antes de abrir a luxuosa porta de vidro com mármore branco nas extremidades, observou detidamente as duas maçanetas douradas com as iniciais, também douradas, de seu sócio e de seu próprio sobrenome. As letras L e S: Landa & Sarlic.

Sarlic tinha encerrado a sociedade com ele há bastante tempo e depois morreu. Mas as letras permaneciam intactas. Certamente, seu sócio poderia ter tocado a peleteria. Pelo menos, Landa sempre pensou assim. Entretanto, ele próprio tinha chegado à conclusão, ao longo dos anos, de que os números mostravam o contrário. Esta versão sobre seu sócio tinha pouco a ver com a realidade dos acontecimentos que tinham vivido juntos. Por mais de uma vez os investimentos de Sarlic deixaram a loja à beira da falência. Mas Landa sempre se achou um covarde; imaginava que o sócio, mesmo morto, era um empresário de verdade, disposto a correr qualquer risco.

Tinha algum ressentimento por Sarlic, primeiro por ele ter desmanchado a sociedade e, segundo, por ter morrido.

Landa se curvou diante das letras douradas com um gesto reverencial e engraçado e depois recolheu do chão a correspondência: algumas contas e o semanário da Associação de Peleteiros onde havia a cotação das peles. Entre os papéis encontrou uma publicação do *Greenpeace*.

A primeira sensação foi de medo, como se tivesse recebido um sinal do além. Achou que o teriam localizado, e que aquela gente não lhe daria trégua. Então falou baixinho, como quem teme ser escutado: "Eles têm uma causa. Antes, o trabalho era uma causa, agora ninguém se importa com isso. A questão é fazer dinheiro. Com certeza, os membros do *Greenpeace* não têm que cuidar de uma loja como eu".

À medida que estes pensamentos o invadiam, Landa começou a transpirar. Sentia o estômago vazio, uma sede insuportável e uma vontade de mijar fora do comum. Reconheceu os sintomas da hiperglicemia. Foi como se o mundo mudasse de repente e o peleteiro tivesse se transformado em outro homem, alguém desconhecido para ele mesmo.

Landa se sentou diante da escrivaninha e procurou os apetrechos necessários para aplicar a insulina. Espetou o dedo e mediu o sangue na tira reagente. Tinha que calcular para que a dose fosse a correta. Tirou a camisa e a calça. Com força e decisão injetou-se na região abdominal uma dose de insulina.

Pouco a pouco foi se recuperando, tempo e espaço começaram a se normalizar. Não era uma boa manhã para Landa, que praguejou em voz baixa, com medo de que o sintoma pudesse reaparecer. Ultimamente vivia tão tomado por seus pensamentos que tinha se esquecido de tomar a dose de insulina da manhã. Além disso, tinha se levantado muito cedo e tomado um café da manhã bem servido.

Caminhou até o banheiro e lavou o rosto. Olhou-se no espelho e custou a reconhecer suas feições. "Estou me transformando em um camundongo", disse Landa, que tinha o costume de associar seus estados de ânimo a esse roedor.

Observou a correntinha ao redor do pescoço com a plaquinha de identificação pendurada sobre o peito com a sigla DBT 1. Então, continuando o diálogo, disse: "Já faz parte do meu corpo".

Lembrou-se da primeira vez em que um desconhecido o viu neste estado. Estava voltando de Mar del Plata. Diante dos primeiros sintomas, parou num posto de gasolina na estrada para aplicar-se uma dose. Era quase de madrugada e sentiu que não aguentaria chegar a Buenos Aires. Foi direto para o banheiro e pegou sua caixinha com os apetrechos para aplicar uma injeção. Nessa hora, entrou um homem que olhou para ele e achou que Landa estivesse injetando droga. A situação se tornou confusa, e o homem teve a sensação de estar interrompendo uma cena íntima. E por essa apreensão que algumas pessoas têm com as drogas, virou a cara como se tivesse encontrado o demônio e temesse ser possuído por ele. Então saiu do banheiro praticamente correndo.

Landa sentiu duas coisas: a solidão do banheiro público e o rigor da doença.

Quando se sentou no bar para tomar um café, Landa percorreu o salão com o olhar, mas não o viu mais; o homem tinha desaparecido. Então se distraiu olhando as vitrines, onde uns troféus dourados eram a alegoria do triunfo da força; pelas figuras dava para entender que tinham sido ganhos em competições de ciclismo.

Precisava falar com alguém sobre o que estava acontecendo, mas tinha medo de ser confundido com um viciado. Assim mesmo, chamou o garçom e perguntou-lhe:

— Por favor, como é que está a minha cara?

O garçom ficou surpreso, mas na estrada e a essa hora tudo era possível.

— Um pouco pálida, mas está boa. Você dirigiu muitos quilômetros?

— É. Agora que eu consegui tomar uma injeção eu estou um pouco melhor. A insulina me regula. Sou insulinodependente.

— Desculpe, senhor, mas eu não conheço essa doença.

— Diabetes.

— Vocês têm açúcar demais no sangue?

— É. É o que se diz — respondeu Landa, sentindo-se incluído em um plural que o protegia e o resguardava de qualquer suspeita.

— Está precisando de um médico? No posto de saúde tem sempre um de plantão.

— Não, obrigado. Desde criança aprendi a me aplicar sozinho as injeções.

Então se lembrou daquela primeira lição com uma precisão maníaca. Poderia repeti-la ponto por ponto apesar de já terem se passado quase quarenta anos. Sua mãe, quando ele era ainda adolescente, foi quem o ensinou. Primeiro tinha treinado com uma laranja e depois com o próprio corpo. No começo o corpo lhe parecia alheio e ele tinha que se abstrair do poder hipnótico que lhe causava a agulha entrando na pele; a tal ponto que não sentia nada e só se dava conta de que a dose tinha chegado ao fim quando a mãe o avisava.

Entretanto, por precaução, Landa sempre levava consigo o telefone de duas ou três enfermeiras de confiança que o acompanharam ao longo da vida.

Landa metodicamente se aplicava duas injeções por dia na região abdominal e no sentido dos ponteiros do relógio. Uma de manhã, outra à noite. Primeiro espetava o dedo e, como se fosse para tirar impressões digitais, punha o dedo na tira reagente para poder calcular o grau de glicose no organismo. Como um avarento, o momento de medir a glicemia era passado numa intimidade absoluta. Era uma cerimônia que estava vedada aos demais não só pelo medo de ser interrompido e falhar na conta, mas também pela vergonha de descobrirem que ele sentia medo.

Landa olhou a publicação do *Greenpeace* que tinha pego do chão e comentou em voz alta: "Tanto o homem quanto os animais buscam proteção".

Mas, mesmo que ninguém acreditasse, ele estava com a publicação do *Greenpeace* em suas mãos. Passou por sua cabeça a ideia de ir às lojas próximas para ver se algum outro comerciante tinha recebido o mesmo jornal, mas no último instante vacilou. Um resto de pudor o impediu.

Quando meia hora depois a prima entrou na loja, o peleteiro já tinha se recomposto completamente e estava revisando as notas da véspera para controlar as vendas da loja. Bastava olhar para o espeto que se erguia como um punhal frio e nu para voltar a sentir a mesma emoção infantil que experimentava diante da agulha hipodérmica; também a mesma sensação de desamparo ao comprovar que as poucas notas correspondiam, em sua maioria, a depósitos de peles para a câmara frigorífica, e as restantes, a consertos.

Matilde não chegava a ser uma mulher atraente mas é possível que fosse mais bonita do que aparentava. Dava para perceber que ela procurava se esconder detrás do seu jeito de se vestir do mesmo jeito que outras mulheres tentam se mostrar. Com o passar dos anos, as palavras de Landa tinham modelado o corpo dela, pois o peleteiro partilhava da ideia de que uma vendedora atraente afujentava as mulheres que vinham acompanhadas de seus maridos; mas também não podia ser muito feia a ponto de desagradar os clientes homens que viessem sozinhos para comprar na loja.

— Trabalhamos para terceiros — disse ironicamente à sua funcionária, que temia a irritabilidade e o mau-humor do primo. Mas o perdoava porque sabia que eram sintomas da doença.

— Mesmo assim, duas ou três interessadas ficaram de voltar.

— Mulherada chata — respondeu-lhe o peleteiro.

— Mas olha que teve uma mulher que estava a ponto de deixar um sinal.

— Nós estamos nos transformando num depósito — respondeu com sarcasmo, como se não tivesse escutado o que a prima dizia. E acrescentou:

— Melhor dizendo, num asilo de peles.

— Não tem graça.

— Hoje eu vi o corretor de peles. Mudou de ramo. Agora ele vende couro de ovelha a um fabricante de rolos. Está ganhando muito dinheiro.

— Como assim?

— Fabrica rolos para pintura. Nosso negócio é diferente, as pessoas não compram um casaco de pele todos os dias. Vender uma pele leva tempo.

— É verdade. Você está se sentindo bem?

— Melhor do que nunca. Ainda mais depois de tomar a injeção.

— Você teve uma crise?

— Tive. Você acha que estou falando absurdos? Engano seu. As pessoas deixam as peles na câmara frigorífica como se fossem parentes. Pedem para a gente tomar conta delas. Perguntam se vão estar bem conservadas no começo da próxima temporada. Têm medo de perder o recibo com o vencimento. Com certeza, para não esquecerem, prendem o papel com um ímã na porta da geladeira. Um animalzinho imantado. Não é um paradoxo, Matilde?

— São modas. A questão é passar a crise. Já sobrevivemos a outras. O que acontece é que agora a carga de impostos é maior. Os pequenos comerciantes estão sendo prejudicados pelos *shoppings*.

A resposta de Matilde produziu em Landa um sentimento de ódio. Chamá-lo de "pequeno comerciante" era ofender seus antepassados e um ofício que durante muito tempo foi considerado uma arte. Além do mais, tinha evocado outro demônio do peleteiro: o cobrador de impostos, como ele chamava o fiscal da receita, repetindo uma expressão familiar de seus antepassados polacos.

— Por acaso, Dona Matilde, a senhora está me sugerindo que, como os outros comerciantes do ramo, eu também me dedique ao contrabando?

— Contrabando?

— É, contrabando, mercado negro. Tráfico de peles para a Espanha. Ou notas frias?

— Não estou entendendo, eu sempre considerei o senhor um homem honesto.

— Isso não é coisa do passado?

— Olha, eu prefiro ir passar as notas para o livro caixa e revisar os telefonemas.

Landa esperou que Matilde voltasse a suas pequenas ocupações. Ele também tinha as suas e se não as tivesse, teria que inventá-las para não se ver invadido por algumas das ideias que o atormentavam e para evitar a tentação de confessá-las para a prima.

Primeiro, dizer-lhe, acaso ela não soubesse, que em alguns dos cafés da Rua Suipacha, onde se reuniam os poucos peleteiros da região, sempre circulava algum contrabandista propondo um negócio ilegal. Uma vez ele mesmo tinha conversado com um que lhe propôs trazer um carregamento de peles de raposa da Terra do Fogo por um preço ínfimo. Landa tentou explicar a ele que era comerciante e não trabalhava com produção. O homem pretendia que o peleteiro fosse intermediário e que graças às suas relações o colocasse em contato diretamente com pessoal "graúdo" do ramo.

O peleteiro se ofendeu por quererem fazê-lo de intermediário, mas teve medo de contrariá-lo até que, levado pela situação, se comprometeu a conseguir para ele um contato.

Landa tinha vontade de vomitar diante de certas palavras, e a palavra "contato" era uma delas. Achava que o comércio, antes de mais nada, era um modo de agir, e esse princípio o acompanhava por toda a vida. O peleteiro sustentava com firmeza o princípio de que só a confiança mútua permitia a concretização de um negócio. *Fides*, repetia, e pronunciar a palavra em latim lhe produzia uma comunhão imediata com pessoas desconhecidas às quais se sentia unido por uma espécie de sentimento religioso, como o de qualquer homem que se apoia em uma ideia que o transcende.

Fazia muito tempo que Landa não caminhava pela Suipacha. Com o passar dos anos tinha abandonado tal hábito. Nessa região do centro restaram apenas alguns peleteiros atrincheirados, que em outra época até diria que eram seus amigos. E o termo bélico era muito preciso, as duas únicas peleterias da quadra tinham ficado presas entre uma porção de pequenas lojas amontoadas que foram conquistando o território das quarenta peleterias de antigamente. Hoje só resistiam a peleteria de Furs e, ao lado, Peles Marión. Para Landa essas duas firmas eram o símbolo de uma resistência inabalável que ele, às vezes, achava que tinha perdido.

Até seu próprio filho, que desde a adolescência militava em um partido de esquerda, em uma discussão tinha lhe jogado na cara: "As peles são uma coisa que só uma certa classe social consome". Landa se lembrava de ter ficado olhando para ele atônito. Ele mesmo tinha transmitido ao filho as ideias "socialistas", mas nunca tinha pensado na peleteria como uma loja burguesa. "Eu herdei dos meus pais", tinha gritado na cara dele.

Naquele instante sentiu a solidão própria da conspiração, o isolamento de quem se sente encurralado.

Landa entrou na câmara frigorífica e percebeu de imediato que não tinha a familiaridade habitual com o lugar. Não estava se sentindo como quem faz seu trabalho naturalmente. Sentiu um calafrio: "É que ando dormindo pouco e mal", disse em voz alta, tentando se convencer.

Então, com o olhar fixo no olho do sensor do alarme, o peleteiro fez um muxoxo de desprezo.

Assediado pela crise econômica, os vaivéns da moda, as mudanças climáticas e as vanguardas políticas, Landa tinha se transformado em um homem acuado. Assim, uma atividade elegante como a de peleteiro adquiria, diante de seus olhos, um futuro de dimensões absolutamente trágicas.

O peleteiro acompanhava atentamente as manifestações dos grupos ecologistas pelo mundo. Estava informado dos lugares onde iam ganhando, paulatinamente, maior poder.

Sabia que na cidade tinham reaparecido as manifestações de ecologistas. Landa achava razoáveis as passeatas de aposentados e das mães que continuavam protestando por seus filhos desaparecidos, pois tinham a ver com a realidade. Mas ter aparecido um partido verde na sua cidade era uma coisa que despertava nele o sentimento do perigo iminente.

Com este sentimento é que o peleteiro tinha entrado na câmara frigorífica, como alguém condenado a viver, para sempre, em uma paisagem ameaçadora.

Percorria as peles como se fossem objetos em um museu e se extasiava diante das chinchilas e arminhos, toda uma tapeçaria sedosa que acariciava com uma detenção que não chegava a ser erótica, nem perversa, mas nostálgica e interessada, como a do comerciante que apalpa e pega uma mercadoria rara, que não é mais produzida.

Landa se sentia preso a contradições, e isso o impedia de escrever a carta que tinha imaginado. Uma denúncia contra o *Greenpeace* por atentar contra a liberdade de trabalho. Essa carta significava para ele outra contradição, pois a matança de baleias ou tartarugas produziam-lhe reações de indignação e uma ternura quase infantil, sentimentos que nunca tinha sentido antes e que só serviam para colocar em dúvida sua crença em Deus.

É verdade que o negócio das peles podia induzir a certos preconceitos raciais. Sentia isso sempre que entrava nas câmaras frigoríficas. Os especialistas nunca misturavam as peles. Nunca colocavam juntas as peles dos animais que eram tidos como inimigos, nem os que pertenciam a regiões diferentes, porque as peles sofriam. Nunca misturavam as classes e os tamanhos. Uma pele de chinchila ao lado de uma de raposa seria uma heresia.

Algo lhe dizia instintivamente que o espírito dos animais mortos permanecia vivo ainda por algum tempo. Como se a caça e a predação continuassem para além da vida. Landa se via capturado numa floresta sofrendo as mesmas adversidades que o animal pequeno fugindo do grande.

A cor também precisava ser levada em conta, porque era um elemento que aprofundava sua contradição. Landa pretendia conservar na câmara frigorífica uma harmonia e uma ordem que já não prevaleciam nem em sua alma nem em sua cabeça.

A situação mais extrema era o teste do odor. Cada vez que o peleteiro entrava na câmara, seu corpo sentia uma descarga de adrenalina; era medo, temor de perder a loja. Então sua pele começava a exalar uma emanação de um cheiro forte que se misturava ao cheiro das peles. Ele suava e as peles pareciam recuperar o odor de seus corpos vivos.

"É a transpiração inconfundível que vem do terror de se saber perseguido. Acontece a mesma coisa tanto com um homem quanto com um animal."

Uma coisa era certa, sem dúvida: na indústria têxtil, só as peles continuavam em baixa. As peles de lontras e raposas, acumuladas no depósito, dia a dia iam se desvalorizando.

A peleteria, nos últimos anos, vinha resistindo ao avanço do sintético, mas agora os materiais ecológicos tinham invadido o mercado. "Em Buenos Aires continua havendo mulheres elegantes. Eu as vejo pela rua. Não é uma questão de dinheiro. É um problema da época." Respondeu o peleteiro enfaticamente a essa voz interior que nos momentos de dificuldade costumava lhe assaltar a cabeça, tentou se convencer e ganhar forças para começar um novo dia de trabalho.

Estes questionamentos despertaram em Landa — apesar de na verdade nunca ter estado adormecido — um sentimento de profundo arrependimento que rapidamente se transformou em um peso na consciência. Então exclamou: "Eu não escolhi este ofício. Eu o herdei de meus pais, que por sua vez o herdaram dos seus".

Para Landa, entrar na câmara frigorífica era como entrar em um túnel do tempo. Quando saía, era um desconhecido para ele mesmo.

Somente em uma região de sua vida as peles não o haviam afetado: o sexo. Landa não gostava de mulheres que usavam peles.

Nesse mesmo dia, para renovar um entusiasmo que estava ameaçando desaparecer, foi à casa de massagens para visitar alguma das meninas.

Nesse lugar, Landa, o peleteiro, mudava de nome e de profissão.

Durante o tempo em que estava ali, se transformava em Roberto, o advogado, que às vezes até recebia o tratamento de Doutor, o que o fazia se sentir importante diante da garota da vez, apesar de também fazê-lo se sentir velho demais, bem mais velho que os cinquenta anos que acabava de completar.

Na pasta levava notas e contas da peleteria, mas para as meninas era uma valise cheia de processos judiciais. Assim, no meio das sessões de massagem, enquanto os dedos ágeis imitavam grosseiramente alguma técnica de relaxamento oriental, que só disfarçava e antecipava o momento do êxtase, o próprio peleteiro chegava a acreditar que seu rosto tenso se devia a algum processo grave que não estava conseguindo resolver nos Tribunais.

Certa vez, se viu numa enrascada, porque uma das garotas pediu a ele uma assessoria jurídica. Landa teve que dizer que se dedicava ao direito alfandegário e não ao civil. Não escolheu como mentira o direito penal por apreensão. Imaginava-o como sendo uma esfera de situações gravíssimas e ao mesmo tempo temidas.

Estas coisas, longe de o distraírem, o deixavam preocupado. No último momento, se lembrou que uma das garotas tinha contado a ele uma desavença com um vizinho do prédio. O problema era a música, que estava muito alta, e ela, pela sua profissão, estava em minoria, e não tinha direito de se queixar. O peleteiro não pôde evitar de pensar: "Qualquer profissão é uma questão delicada na vida das pessoas".

Com todos estes pensamentos estava estendido na cama. Nu, mais nu, mais vulnerável do que nunca.

Até que, timidamente, Landa perguntou-lhe: "O que você quer dizer quando fala *minoria*?". Karina respondeu: "Que a discriminação tenha acabado".

Apesar de que ultimamente na cidade as coisas pareçam ter mudado e as minorias também tenham seus direitos, Landa não estava muito convencido do que acabava de ouvir.

O peleteiro sentiu que um grande espasmo se apoderava de seu corpo até chegar ao pênis; algo desconhecido o levava a se defender daquelas palavras que, no entanto, deveriam protegê-lo.

Não queria discutir com ela, mas Karina, com essas palavras, tinha deixado de ser anônima. Ao questionar seus direitos ela se transformava em uma pessoa.

De toda forma, Landa sentia que a garota tinha razão. "Não consigo ficar tranquilo em lugar nenhum." Depois de pronunciar esta frase, sentiu pena e repugnância de si mesmo.

Para sua surpresa, nada disto passava pela cabeça de Karina, que definiu a si mesma como uma profissional, coisa que a fazia se sentir digna. E Landa pensou: "Como eu na semana passada, quando vendi um *vison*".

Este sentimento reivindicatório o deixou suficiente animado pois, assim que chegou à peleteria, escreveu a carta ao *Greenpeace*, tantas vezes adiada.

A carta se propunha a expor as razões de um sentimento que tinha nascido primeiro como um mal-estar, depois como uma queixa. Agora, finalmente, se manifestava como um direito.

"Sempre amei a natureza. Venho de uma família que morou em Lodz, meus antepassados maternos emigraram de lá. Devido a meus olhos cinzas e a meu modo de me movimentar, já fui comparado a um lobo. A partir disso senti e sinto por esses animais um sentimento de empatia imediata.

"Nasci em Caleta Olivia. Desde sempre meus parentes do lado materno vêm se dedicando ao ramo das peles. Para minha educação, nos mudamos para a capital, onde meus pais montaram uma peleteria que eu herdei quando eles morreram. O que quero dizer e que quero que fique claro é que o meu ofício é um ofício herdado e que nunca, nem eu nem meus familiares, até onde me consta, lucramos com outra coisa que não fosse a necessidade de sobrevivência. Isto é, que as peles que temos na loja são só para vender, para podermos viver. Então é fácil deduzir que nunca nos dedicamos à matança de animais, criaturas com as quais, por outro lado, guardo muito boas relações. Como mostra de boa vontade e de acordo com o que digo estaria disposto a enviar-lhes uma contribuição, mas não sei se os senhores recebem algum tipo de ajuda financeira.

"Isto não é caridade nem ajuda cristã, é uma tradição que provém de minha família, já que minha mãe, quando eu era menino, costumava enviar um cheque à Organização Mundial de Saúde, dependência da Unesco, para ajudar as crianças da África. Por isso, periodicamente recebia um informativo no qual se comunicava que ela havia adotado uma criança africana. Suponho que dessa forma, minha mãe satisfazia um sentimento de maternidade que não havia se esgotado com apenas um filho. Desde a infância, ela quis inculcar-me um sentimento de solidariedade, de modo que eu sempre descobria um novo irmão que — segundo palavras dela —

algum dia conheceria e chegaria a visitar. Isto me produzia um estado de curiosidade e desconcerto. Na verdade, a possibilidade de conhecê-los me horrorizava.

"Por esta mesma razão talvez eu também só tive um filho e hoje a contradição está instalada dentro de minha própria casa. Meu filho tem no quarto dele um adesivo com uma raposa sangrando que olha e diz: Você quer sua pele / Eu também.

"A este respeito vi na televisão uma propaganda que verdadeiramente me perturbou, parece-me que incita a confusão. Na imagem é mostrado um desfile de modelos. Os senhores devem imaginar o impacto causado por mulheres vestidas com peles, já que sempre se imagina a nudez debaixo das mesmas. Na propaganda à qual me refiro as mulheres aparecem vestidas com casacos de pele, e de repente a pele dos casacos se transforma em pele humana e as mulheres começam a sangrar.

"As respostas que dissipariam minha confusão estão em estreita relação com estas três perguntas. O que é mais sangrento: esfolar a pele de uma mulher ou a de um animal? Ou a de uma mulher como se fosse um animal? Ou a de um animal como se fosse uma mulher? É possível que até os próprios movimentos de Libertação Feminina se vissem afetados por esta propaganda.

"Minha intenção com esta carta é sugerir que os senhores deveriam ser mais cuidadosos: às vezes suas propagandas são excessivas e deixam de ser didáticas para se transformarem em simples panfletos que de algum modo incitam a violência.

"Volto a repetir: não me guia nenhum sentimento de hostilidade contra a natureza nem contra o reino animal em particular, apenas vejo seriamente prejudicada minha sobrevivência, e vejo correr perigo um ofício que data de séculos. Creio como cidadão que me assiste o direito de manifestar-lhes minhas queixas e esperar uma resposta.

"Além disso, um último parágrafo. Seria de sumo agrado para mim que os senhores me enviassem os estatutos e as bases filosóficas da organização, de modo que eu possa reconsiderar as coisas e refletir sobre a profundidade do problema que suponho que sua entidade discute. Do contrário, na qualidade de trabalhador peleteiro verei-me obrigado a tomar as medidas legais cabíveis que possam garantir minha fonte de trabalho. A não se levar em conta este último aspecto, com o tempo, o homem se transformará em uma espécie em extinção."

Landa guardou a carta no cofre da peleteria. Não queria correr o risco de que sua prima acabasse lendo. Teve uma ideia: dar a carta para algum membro da Associação de Peleteiros ler. Ele já tinha sido associado, foi inclusive vogal, mas com os anos foi se afastando da instituição.

Seu pai, e nisso eles eram parecidos, nunca tinha querido expandir a peleteria porque não gostava de ter funcionários sob sua responsabilidade; temia, de um modo exagerado, ver-se envolvido em algum conflito sindical. Por isso, na loja sempre empregaram apenas parentes. Além disso, o pai de Landa era um novato no ofício: ele o recebera como "dote" ao se casar com a filha do dono de uma peleteria do sul.

Landa Pai tinha horror à falência e às greves. Por isso nunca chegou a ser presidente da Associação de Peleteiros, mesmo nas muitas vezes que o cargo lhe foi oferecido.

Havia duas situações que tiravam o sono do pai do peleteiro. Em primeiro lugar, uma inundação da loja causada pelo estouro de algum cano, razão pela qual o encanador vinha periodicamente para revisar os encanamentos; em segundo lugar, que baixasse na peleteria uma fiscalização da receita. O homem, entretanto, tinha toda sua contabilidade em dia.

O pai sempre tinha sido membro da Associação de Peleteiros. Imigrantes europeus. Gente que tinha escapado da guerra. Seu pai, mesmo sem ter passado por aquela experiência, se sentia muito cômodo entre eles. Talvez porque sempre tivesse se sentido muito atraído pela família da mulher.

Landa se lembrou do edifício da Associação na Rua México, com suas escadarias de mármore e seu salão de reuniões, um pequeno bar e até uma mesa de sinuca. A biblioteca tinha uma coleção de livros de peleteria e catálogos dos modelos que chegavam da Europa. Todo esse esplendor havia existido; e certa vez, quando menino, o filho acompanhou o pai numa reunião de negócios.

O segredo do pai para tocar a peleteria com sucesso foi nunca enfrentar ninguém e evitar os conflitos sindicais; por isso era considerado a pessoa ideal para ser o presidente da Associação de Peleteiros.

O peleteiro se perguntou se alguma vez tivera a chance de escolher entre continuar com a peleteria ou se dedicar a outra coisa. Concluiu que pela própria necessidade de seu pai de evitar conflitos de opiniões, esta conversa nunca existiu entre eles.

Por outro lado, o pai do peleteiro considerava natural que um filho seguisse o ofício do pai. Mais ainda, esse foi o motivo que reforçou a decisão de que seu filho deveria se dedicar à peleteria. E Landa obedeceu.

Diferentemente do seu pai, o peleteiro queria dar ao filho a oportunidade que ele não tinha tido. Mas no mais íntimo de seu coração preferia que ele estivesse a seu lado, e que agora, em plena crise do ofício, tomasse o comando desse barco que estava à deriva.

Deu por certo que seu pai não estaria de acordo com o envio desta carta ao *Greenpeace*, e consideraria isso como um enfrentamento direto.

Também se perguntou o que ele teria feito diante de uma crise como esta: "Esperar, sempre aparece outra oportunidade". E essa frase, que hoje lhe parecia absolutamente banal, em sua juventude, e porque era dita pelo pai, funcionava como uma espécie de bússola não somente para a conjuntura presente como também para enfrentar o futuro.

"Para ele era mais fácil, ele tinha a minha mãe. Não tinha se divorciado como eu", resmungou como se censurasse o pai por sua própria separação, com saudades daquele tempo em que, com sua ex-mulher na peleteria, o mundo parecia menos hostil.

A lancha se aproximou na costa das destilarias de Dock Sud. Da embarcação era possível ver, quase rente à terra, cruzes, centenas de cruzes. Não era um cemitério humano, era um cemitério ecológico.

As pessoas do assentamento tinham feito um cemitério para protestar contra a poluição. Cruzes no meio do lixão. Em cada túmulo um epitáfio com uma frase contra a poluição ambiental.

Os manifestantes se concentravam em um lugar da costa destinado ao depósito de lixo. Lixo preto, eram centenas daqueles sacos que os porteiros usam para jogar o lixo dos apartamentos.

À medida que a lancha se aproximava para atracar, dava para perceber que era uma pequena manifestação de mães com cartazes que denunciavam a morte de um de seus filhos. Advertiam que outras crianças ficariam deformadas em consequência das emanações tóxicas do lixo industrial.

Osso desceu da lancha. Foi o único. O engenheiro e Bocconi permaneceram a bordo.

Osso atravessou esse caminho de cruzes e, como sempre, tentou se localizar. A lancha tinha ficado atrás dele. Alguns policiais tinham feito um pequeno bloqueio e impediram sua passagem.

Finalmente, Osso convenceu a um dos policiais de que entre as mulheres estava uma parenta dele.

Enquanto atravessava este caminho-fantasma cruzando com alguns militantes ecológicos misturados entre mães e equipados com máscaras antigas, Osso se perguntou: "Que porra eu estou fazendo aqui?"

A paisagem era densa, contaminada pelo fedor do lixo. As cruzes, que antes estavam rentes ao chão, agora pareciam emergir do fundo da terra.

Osso tentava entender o que estas pessoas tinham na cabeça, qual era o sentimento que as movia. Foi quando se lembrou de que na Prefeitura ele estava submetido à Secretaria do Meio Ambiente.

O secretário tinha dito a ele:

— Você me informe de tudo o que acontecer na costa. Não quero confusão no rio. Isso ia espantar os investidores. Se tudo sair bem, e ganharmos território no rio, você vai ter um terreninho.

— Nos conformes?
— Tudo direito.
— Nada na ilegalidade.
— Não estou acostumado.
— Nem pense em passar por cima de mim.
— O que eu ia ganhar com isso?
— Tempo.
— Isto vai demorar.
— Quanto?
— Não faço ideia.
— Sempre quis ter de novo um terreninho com escritura.
— Você teve que vender o seu?
— Fui obrigado.
— Por quem?
— Minha ex-mulher.
— Problemas financeiros?
— Não. Briga com um pai de santo. Negócio de umbanda.
— E isso existe?
— Como é que não vai existir? Cada vez mais. E ainda mais nos assentamentos perto do rio. Não sabe que tem cada vez mais brasileiros lá? Você nunca foi para a costa de Quilmes?
— Mas você é crente.
— Por isso mesmo. Depois que perdi tudo, eu me tornei evangélico.
— Por que perto do rio?
— Nunca me perguntei.
— Deve ser pelos rituais. A macumba. Iemanjá.
— Tem razão, deve ser por essa história dos rituais.

Poucos dias depois do acontecido em Dock Sud, Osso desapareceu do trabalho. Nos primeiros dias, os dois colegas dele não fizeram caso, mas antes do final da semana, tanto Bocconi quanto Gerardi começaram a se sentir incomodados e preocupados.

Neste sábado telefonou uma mulher que se identificou como a esposa de Osso, dizendo que o marido dela tinha perdido a memória.

Bocconi entrou no quarto, se é que se podia chamar aquilo de quarto, quer dizer, se era possível diferenciá-lo do resto do barraco. Entrou e perguntou por Osso.

Osso não reconhecia ninguém. Osso não se lembrava de nada.

— Osso, te pediram um refletor — disse a ele a mulher, que se chamava Lidia.

— Um refletor?

— É, Osso, um refletor.

— Para que é que iam me pedir um refletor?

— Depois ele me contou que tinham pedido a ele um martelo – acrescentou Lidia, dirigindo-se a Bocconi.

Osso não reconhecia ninguém. Nem a mulher com quem supostamente tinha passado a noite — e talvez todas as noites nos últimos três anos. Sequer reconhecia os filhos dela, ou a seu próprio filho, que chamava o pai pelo nome de Osso.

No princípio ninguém o levou a sério. Osso contou que tinha caído do cavalo. É verdade que havia outra vez cavalos na cidade e muitos mais na favela.

— Caí ontem à noite de um cavalo e bati com a cabeça.

A única coisa de que se lembrava era de estar dormindo numa casa. Três dias dormindo, ou inconsciente, no chão.

Lidia dizia que Osso tinha estado três dias usando cocaína. Disse assim, sem sotaque. E isso tinha afetado a cabeça dele.

— Vocês não perceberam como a cara dele está ficando cada vez mais quadrada?

Osso dizia que tinham roubado o sal que ele estava levando. Quilos de sal. Todos tinham certeza de que era cocaína.

Aí estava Osso, cercado por Bocconi, por seu filho, por Lidia e por sua mãe, uma mulher de oitenta anos com uma touca de lã na cabeça.

A mãe dele veio assim que soube da desgraça. E repetia para quem quisesse ouvir: "Essa história de pancada na cabeça aconteceu faz muitos anos". Nem ela se lembrava há quantos anos.

Depois chegou um de seus irmãos e começou a remontar a cabeça dele como se monta um circuito. Mostrava uma foto, mostrava outra e Osso dizia:

— É, esse sou eu, mas o problema é que não sei quem sou eu.

A última lembrança de Osso era de muitos anos atrás.

— Acordei num barraco e pensei: O que é que eu estou fazendo neste barraco? "Faz três anos que eu vivo com você.", disse a mulher que vocês dizem que é minha mulher. Eu, vivendo em um aquário? Com essa gorda. Gorda e louca que me disse para eu ir dormir com ela. "Eu não te conheço, minha senhora", disse a ela. E fui dormir numa poltrona.

A mulher parecia indiferente às palavras de Osso, como se estivesse em outro mundo.

— Vocês dizem que o marido sou eu. Se o que vocês dizem é verdade, então eu vou dar um tiro na minha cabeça. Ou me arrebento com uma marretada. Para que é que iam querer um refletor?

Omar, seu compadre, diante da pergunta de Osso, disse:

— Osso se faz de louco para ficar com um troco. Assim ninguém pode cobrar nada dele. Nem disso ele se lembra. Mas o que ele não sabe é que vão recuperar a memória dele na base da pancada. Eles fazem de um jeito que até um morto consegue se lembrar das coisas.

— Nunca fiquei com um troco. Não é a mesma coisa ser louco que ser sacana.

Foi depois de ouvir um tal de Omar, que se disse compadre de Osso, que Bocconi teve a ideia de consultar um advogado.

É possível que Osso quisesse enganar a todos dizendo que não se lembrava de nenhuma palavra. "Vão fazer ele se lembrar na base da pancada", voltaram a dizer. E até repetiram para o próprio Osso, que olhava para eles demonstrando não entender nada. Era acusado de ter usado cocaína. Primeiro, Osso negou. Depois disse que, se não se lembrava de nada, por que é que ia se lembrar disso em particular?

"Ele está passado", disseram. "O problema é que ele está passado." Mas Osso insistia com a pancada na cabeça e com a queda do cavalo.

Então, o irmão lhe disse:

— Isso aconteceu há mais de quarenta anos. Deve ter sido outra coisa.

Osso olhou-o e disse:

— Estou fodido. Não tem nenhuma porra de uma foto de tanto tempo atrás.

Começaram a chegar outros amigos de Osso. Todos tentando fazê-lo se lembrar do acontecido. Cada um contava a ele uma história. Ele se lembrava da história, mas não de seu personagem, não sabia quem era essa pessoa da história. Veio um amigo do IAPI e começou a chorar. Então Osso acalmou-o, dizendo:

— De uma hora para outra eu vou me lembrar de tudo.

O medo de Bocconi era que Osso se lembrasse de coisas de outro tempo, de quando estavam metidos com coisas estranhas, dessas que sempre aparecem no rio. Tinha medo de que Osso desse com a língua nos dentes de repente. Então Bocconi pensou em Karina, uma massagista que ele visitava com frequência. Ela tinha falado para ele de um cliente advogado. Um homem chamado Roberto.

Karina violou um código habitual, preservar a identidade do cliente. O código não era só dela, como também de todas as suas colegas: eram "profissionais" e não costumavam falar a um paciente das coisas de outro paciente, tal a maneira eufemística de se referir aos fregueses. Falou sem querer. Além disso, houve um fator fundamental em sua decisão: Roberto era diferente. Ele tinha algo de convidativo para que as pessoas pedissem ajuda.

Este aspecto com o qual Landa se apresentava às pessoas, especialmente às garotas, não tinha nada a ver com os atos cotidianos de sua vida.

Bocconi finalmente decidiu procurá-lo para o caso de haver algum problema legal para Osso poder ser internado num hospital. Também para controlar o que Osso pudesse dizer no caso de recuperar a memória, ou ser preso por estar entupido de cocaína.

Landa nunca contou às garotas que era peleteiro. Tinha medo de que ficassem chatas ou lhe pedissem alguma roupa de presente. Jamais calculou que as coisas pudessem se complicar tanto.

Mas no dia em que um tal de Bocconi tocou a campainha da porta de sua casa dizendo-lhe: "Venho da parte de Karina, temos que ir a Berazategui, ela me disse que você é um bom advogado", Landa percebeu que tinha ido longe demais e que já não podia voltar atrás. Ainda mais quando, com um tom imperativo, o desconhecido acrescentou: "Tem um táxi esperando na porta".

O peleteiro só conseguiu responder, "Me espera no carro enquanto eu fecho tudo"; enquanto isso maldizia por dentro a noite em que teve a ideia de convidar Karina para vir à sua casa.

Umas horas depois Landa estava lá, no barraco. Bocconi o havia levado.

Landa notou que chamavam de Osso a um homem que ficava deitado numa cama, nu. Viu-o tal como o chamavam: puro osso. A luz lhe atravessava a pele como uma radiografia e todo o seu corpo irradiava uma substância dura mas incorpórea que o percorria da cabeça aos pés.

De súbito, Landa, em um repente de sinceridade que era quase uma confissão, dirigiu-se a Bocconi e disse:

— Eu não sou advogado. Eu menti para a garota só para impressioná-la. Sou peleteiro. Me desculpem, mas eu não acho que eu possa ajudá-los. Se vocês não se ofenderem, posso colaborar com uns pesos. Além disso, minha saúde é frágil, sou diabético.

Bocconi era uma dessas pessoas capazes de tirar vantagem de qualquer situação. Se tivesse dinheiro não havia coisa melhor no mundo que ter muito dinheiro. Se não tivesse, o melhor era andar sem dinheiro. Bocconi podia dar mais de um argumento para demonstrar as vantagens de situações absolutamente contraditórias. Portanto, a partir desta posição na vida, respondeu a Landa:

— É sempre bom ter um amigo peleteiro.

Fez-se um silêncio. Todos os que estavam no barraco estavam a ponto de dizer algo mas não sabiam bem o quê. Alguns sequer sabiam que diabos era um peleteiro. Até que Bocconi, com o sarcasmo que o caracterizava, disse:

— Olha só, pele e osso.

Então todos começaram a rir. Até o próprio Landa riu, sentindo interiormente que se risse com eles, iam aceitá-lo como apenas mais um.

Para fazer seu trabalho de roubar o cobre das placas ao longo da estrada, Osso levava uma lanterna e uma pequena mochila de ferramentas. Procurava os lugares mais escuros, por isso, nessa noite, quando de repente os faróis de um caminhão iluminaram a escuridão da estrada, Osso se encheu de medo e se transformou em Ossinho. Porque foi o Ossinho e não o Osso quem pegou a placa que estava praticamente pendurada sobre a estrada, a vários metros de altura.

Uma rajada de vento fez a placa de propaganda sacolejar. Osso, lá em cima, corria o risco de cair. "Numa hora dessas nunca passa caminhão. E o filho da puta tem que passar justo agora que eu estou aqui, meio pendurado."

Quando passou o caminhão, Osso se agarrou um pouco à mulher do cartaz, um pouco ao carro que a mulher estava dirigindo na imagem, mostrando suas longas pernas calçadas com meias negras. Pernas que Osso só havia visto nas fotos das revistas.

Então disse: "Passei toda esta merda de vida perdendo a razão".

Tantas vezes as coisas tinham dado errado. Inclusive lá, em Gatica, na academia onde uma vez treinou boxe. Um dia lhe deram uma porrada e durante vários segundos perdeu a razão.

Não foi quando caiu da placa que o mundo se tornou estranho. Nem quando Yerba, que o esperava no carro, colocou os seis refletores no porta-malas. Foi depois, com o passar das horas.

"Poderíamos fazer uma pista de pouso", disse Yerba quando passaram por uma churrascaria no Camino Negro. Lá, como decoração, tinham posto um velho avião DC3 como se estivesse a ponto de decolar.

E considerando o silêncio de Osso como um consentimento, acrescentou: "Partiríamos voando. E nem precisaríamos mais procurar cobre". Ele e Yerba chegaram voando à favela. E descarregaram os refletores no barraco de Osso. E foi aí que tudo começou. Ninguém sabe se foi cocaína ou grana. O certo é que Osso e seu amigo pareciam estar voando.

Depois do que tomaram, Osso começou a suspeitar que alguém teria lhe dado uma pancada na cabeça. Olhou-se no espelho e não encontrou nenhuma marca. Era estranho sentir uma dor e não poder ver, em si mesmo, o lugar da pancada. Como se fosse algo interno, algo batido dentro, ou algo dentro que batia.

Horas depois chegou seu filho e disse: "Sou seu filho. E de nascença tenho a mesma marca que você na cabeça". Osso levantou um pouco o cabelo dele e achou uma marca. Disse: "Não me lembro de nada".

Mas pouco a pouco a luz dos refletores foi se impondo na densa neblina. Escuridão de fora e escuridão de dentro. Porque Osso se lembrou que na noite dos refletores a neblina o salvara. Lembrou-se de como tinham roubado os refletores. E que Yerba tinha lhe roubado até o cobre.

Isso foi o que Osso contou para os amigos. Então alguém lhe disse: "Será que não foi a luz que te deixou assim? Ficar de cara com tanta energia por aí deixou você cego e queimou sua cabeça".

A última coisa de que se lembrou foi daquela mulher gorda, sua mulher, segundo a convicção de todos. Lembrou-se dela jogada na cama, bêbada. E ele sentado ao lado da salamandra. Muitos na favela vinham para ver a salamandra, sem saber o que é que significava esta palavra esquisita.

Então levantou um ferro que servia como atiçador. Lembrou-se de que ele mesmo o tinha arrebentado na parede para não dar com ele na cabeça dela; logo, levado pelo próprio impulso, caiu de cabeça como quando caiu da placa.

Caiu, sim, mas sentiu que ao invés de cair e bater na salamandra, estava caindo no inferno.

Fazia muitos anos que para Osso o mundo tinha mudado. Caí de um cavalo, disse para a sua família. Mas lhe disseram: "Deve ser no mesmo lugar da cabeça que você bateu no acidente de carro".

"Que acidente?", perguntou Osso, talvez querendo saber se eles estavam falando do acidente da Rua Rioja, em Córdoba, da vez em que estava correndo atrás de seu irmão e um carro passou por cima dele e o céu e sua memória ficaram escuros como os pássaros que brotavam da copa das árvores.

Ou se estavam falando da segunda pancada, da vez em que caiu de um cavalo. Ou da terceira pancada, quando viu um ônibus chegando de frente e não conseguiu se esquivar. E logo se sentiu sendo atirado sabe-se lá para onde. E quando, dias depois, foi ver o carro, percebeu, pelo modo como foi atingido, que ele não tinha sido o culpado pelo acidente. Mas isso, que era apenas uma dedução mecânica, não lhe aliviava a consciência.

E pancada após pancada, pouco a pouco, Osso foi se lembrando. Estava com Yerba no meio da estrada, suspenso a trinta metros do chão, tirando os refletores que iluminavam uma placa. Nunca tinha estado tão perto de uma mulher tão linda. Desta vez era uma propaganda da Peugeot. Ficaram com o cobre e com o equipamento elétrico. Em determinado momento sentiu vertigem e pensou que o asfalto estava vindo para cima dele. E também um carro que vinha ao longe pela pista. E ele lá, pendurado no céu, desmontando os refletores. Até que de repente desligou e a mulher foi escuridão e nada, coisa desconectada, feito a cabeça dele.

II

Quando Landa voltou para casa, comeu sozinho, como fazia todas as noites desde que tinha se divorciado. Às vezes jantava com o filho, coisa que só acontecia de vez em quando. Em geral, comia *delivery*, para não ficarem sobras. E isso não era o melhor para a saúde dele.

Comeu na bandeja de plástico, usou o copo descartável e tomou uma lata de cerveja. Quando terminou de comer, juntou tudo e jogou fora. Não ficou nenhum rastro, nenhum sinal de que tinha estado ali, como se um fantasma — seu próprio fantasma — tivesse ocupado seu lugar na casa.

Sua doença o obrigava a uma série de restrições alimentares que não se restringia somente aos doces. Landa, como muitas outras pessoas, optou por desdenhar daquilo que lhe era proibido.

Depois de jantar, ligou a televisão e resolveu ver um filme erótico em algum canal a cabo.

De imediato, a tela se iluminou de verde. Era uma selva. Pouco a pouco pumas, jaguaretês e outras espécies ameaçadas de extinção invadiram a tela.

Um ator da moda fazia a propaganda do *Greenpeace*. A propaganda informava: *O* Greenpeace *não é uma organização mantida pelo governo, é uma ONG.*

O desmatamento era um perigo que ameaçava o planeta se o homem não agisse a tempo. Não se podia dar as costas à selva. Era preciso se unir e fazer unir. Depois o ator desaparecia da propaganda e dava lugar a um médico que mostrava rostos com pústulas e chagas em corpos de meninos e adultos. Um inseto, produto do desmatamento, transmitia a tal doença.

No final, o ator reaparecia e confessava ter se conscientizado de um problema que para ele, até aquele momento, tinha passado despercebido.

Landa duvidada: até que ponto o ator teria se conscientizado da mensagem que transmitia? O peleteiro, em sua pretensão de ser justo, antes de agir, tentava não se deixar levar por nenhum preconceito.

Quando começou a sessão com o filme erótico que já tinha visto um milhão vezes, Landa, pela segunda vez no dia, voltou a sentir um espasmo, mas desta vez o espasmo foi no corpo inteiro.

"Tudo *delivery*. Comer e foder. Esta noite estou me sentindo meio sórdido."

Antes de ir à peleteria, Landa tinha se obrigado a correr pelos bosques de Palermo. Esta atividade o aborrecia profundamente e até lhe dava certa repulsa, mas se obrigava a cumpri-la de maneira metódica.

Não ia correr só por causa da saúde, apesar de que um exercício físico diário fosse recomendável para sua diabetes. Sempre levava balas ou torrões de açúcar nos bolsos porque corria o risco de que o exercício físico baixasse sua taxa de glicose. E por essa razão seu organismo estava submetido a um delicado equilíbrio. Também não era nenhuma questão esportiva. Mais ainda, era possível dizer que o exercício físico era contrário a suas ideias. Nem sequer era movido por uma razão estética.

Acontece que Landa tinha uns quilos a mais e isto o impedia de se movimentar com maior soltura, o que causava nele certa sensação de insegurança. A partir desta constatação o peleteiro decidiu fazer alguma coisa com seu peso.

Tinha vergonha de sair de seu apartamento com roupa de ginástica: calça, tênis e um blusão, tudo de uma sóbria cor preta. Pelo telefone, pedia um táxi, que o esperava na porta e praticamente se atirava dentro dele.

Uma vez em Palermo, o peleteiro decidiu não correr dando voltas ao redor do lago; achava o espetáculo aeróbico que o rodeava tão deprimente que procurava uma rua lateral e quase solitária a esta hora da manhã.

O peleteiro tentava se mover para ficar mais seguro. Finalmente, dizia a si mesmo: "Sou um comerciante". Isto queria dizer que estava exposto aos assaltos que diariamente aconteciam no comércio da cidade.

Landa já tinha tomado suas precauções: a instalação de um sistema de alarme e uma certa quantia fixa de dinheiro que deixava todos os dias no caixa. Ele era partidário da ideia de que se os assaltantes não encontrassem uma boa soma de dinheiro e partissem com as mãos vazias, ou quase vazias, tomariam atitudes fatais.

O peleteiro tinha tido estas ideias meses atrás, quando leu no jornal a notícia de que um comerciante do ramo imobiliário foi assaltado e assassinado com um tiro na cabeça. Depois de ler a notícia, Landa deduziu que as medidas de prevenção que o homem tinha tomado é que tinham lhe custado caro. Por exemplo: um aviso na vitrine da imobiliária dizia: "Não trabalhamos com dinheiro". Certamente não levaram o cartaz a sério e entraram no escritório quando um cliente ia pagar sua conta. Como não encontraram dinheiro, eles o mataram. "Não se pode mentir", sentenciou Landa a si mesmo.

Mas além desta conclusão havia outra coisa que inquietava o peleteiro. A notícia informava que o homem era obeso; assim quando os delinquentes, insultando-o, mandaram-no entregar o dinheiro, ele deve ter se mexido tão devagar, com tanta dificuldade devido ao peso, que isto deixou os ladrões tão impacientes, que eles acabaram o matando.

Não só era melhor deixar o dinheiro no caixa, pensou o peleteiro, como também baixar de peso e se movimentar com agilidade.

Nessa manhã quando Landa voltou de Palermo, chegou à peleteria com todos esses pensamentos lhe atormentando a cabeça. A ideia que se impunha era: "Se for para viver assim, o melhor é perder a memória como o Osso". O peleteiro estava ainda impressionado com o que tinha vivido no barraco. Então como se estivesse jurando para alguém, disse em voz alta: "Vou ter que mudar de profissão, a de advogado está ficando perigosa".

Surpreendeu-se ao encontrar Matilde. Ela também tinha a chave da loja; o peleteiro nunca tinha se permitido usar o recurso de não dar a ela a chave para impedir que a prima chegasse antes dele na peleteria.

Matilde já tinha tirado as notas do prego de aço e, ao conferir as poucas vendas, na verdade apenas duas, se sentiu estranhamente deprimida.

— Para mim, é a árvore.

— A árvore?

— É, esta árvore que fica na frente da loja.

— Faz mais de cinquenta anos que ela está no mesmo lugar.

— Por isso mesmo. Você não sabe que a energia, às vezes, toma a forma de um rosto? Esta árvore parece uma cara desesperada.

— Não entendo, Matilde. Ultimamente não entendo o que você diz.

— Li numa revista especializada que a OMS definiu a síndrome da casa doente.

— Mas isto não é uma casa.

— Dá no mesmo. Começa com uma série de sintomas que eu tenho a cada vez que entro na loja. Dor de cabeça, reações cutâneas, secura na garganta e ardor nos olhos.

— Faz muito tempo que você tem isso?

— Dois meses.

— Pode ser a estação — disse Landa, tentando convencer a si mesmo. A OMS era para ele uma autoridade inquestionável.

— Existem árvores que estão plantadas sobre uma má conjunção energética. Uma radiação terrestre que corrói. Como um câncer. Uma árvore plantada sobre uma franja radioativa sofre, e morre.

— Esta se mantém em pé faz anos — resmungou o peleteiro.

— Mas irradia para a loja, por isso a peleteria está carregada de vibrações negativas. Repito, uma radiação terrestre, doente, causa um tumor.
— Então o melhor é chamar a prefeitura e pedir para cortá-la.
— Não é tão simples.

Landa saiu da loja e parou na frente da árvore. A palavra câncer lhe dava mais pânico que a ideia de perder a loja. Uma árvore cancerígena lhe parecia algo sinistro.

É verdade que ultimamente vinham acontecendo coisas estranhas. Ele mesmo se reconhecia nestes sintomas que a prima acabava de descrever. E ainda podia acrescentar a eles um mal estar estomacal. E, mais recentemente, algo de hipertensão.

A prima o observava do interior da loja. Não tinha se movido um só centímetro do lugar onde estava parada. Permanecia na mesma posição, tão firmemente arraigada como costumava permanecer em relação a suas ideias. Isto às vezes fazia dela uma excelente vendedora, porque se tinha a intuição de que ia vender uma pele ao próximo cliente, terminava vendendo; em outras ocasiões, sem que soubesse bem o motivo, sua intuição lhe dizia exatamente o contrário.

Depois desta conversa, Landa soube que sua prima não era uma simples obstinada, e sim que sua maneira de enfrentar as coisas respondia a uma filosofia. Apesar de ele não saber por que nem quando isto tinha se apossado do espírito dela.

Landa foi para dentro da loja e fez um gesto à prima como quem diz: "Outra hora a gente continua a conversa". Pediu para ela entrar em contato com a alfaiataria, pois achava que estavam com uma entrega atrasada.

Ela respondeu que fazia mais de um mês que eles não mandavam nada ao alfaiate. Então o peleteiro a odiou, sentiu que essa mulher estava na loja só para dar a ele notícias funestas. Mas rapidamente recorreu à memória; na verdade, pensou, Matilde sempre tinha tido uma atitude positiva. Arrependido, o peleteiro quis retomar a conversa que tinha abandonado. E perguntou a ela, sem poder esconder o interesse que o instigava:

— Matilde, quanto tempo faz que você se iniciou nestas coisas? — surpreendeu-se com a intimidade.
— Uns anos.
— Você nunca me contou nada.

— Tinha medo que o senhor me demitisse.
— Seria algo inédito na família.
— É que ultimamente o senhor está estranho.
— O que é que eu posso fazer?
— Pessoalmente, *reiki*.
— Não acredito nestas coisas — respondeu-lhe Landa, sem saber bem o que eram essas coisas nas quais ele não acreditava.
— Eu, no começo, também não. Até que senti os efeitos do *reiki* em mim. A geobiologia permite distinguir as energias benéficas das maléficas na terra. Uma vez estabelecida a diferença, podemos aproveitá-las mais rápido. As energias maléficas se afastam de nós. O *reiki* consiste em um equilíbrio entre a força cósmica e a telúrica.
— Isso também é a Organização Mundial de Saúde quem diz?
— No começo todo mundo ridiculariza. Mas o mundo atual se divide assim. Sabia que os gatos e as tartarugas terrestres descansam infalivelmente sobre os campos de forte energia telúrica?
— É verdade que eu preciso de um pouco de equilíbrio. Mas a solução é evidente: se a loja vai bem, eu me equilibro; se a conta estiver no vermelho, eu me desequilibro.
— Se o senhor me permite, podemos consultar uma bioarquiteta.
Landa não teve ânimo para dizer que desconhecia esta especialidade da arquitetura. E como fazem todas as pessoas desesperadas, acreditou no que nunca tinha acreditado. Então disse à prima:
— Vou pensar.

Uns dias depois da conversa com a prima, Landa entrou na câmara frigorífica e descobriu que algumas peles estavam infectadas. Provavelmente as traças estavam acabando com elas.
"As correntes subterrâneas", exclamou. Não conseguiu deixar de pensar que as forças geológicas do mal tinham se apoderado da peleteria. Saiu à rua para olhar a árvore. Realmente o tronco estava cheio de rachaduras. Voltou à loja, procurou uma máquina fotográfica e tirou mais de uma fotografia. Era importante para a prefeitura. Uma prova. As pessoas que passavam olhavam para ele estranhadas, mas ele não parecia se importar.
Entrou de novo na câmara frigorífica. Era um peleteiro experiente. Examinou as peles demoradamente. Como é costume nestes casos, a primeira coisa que fez foi separar as saudáveis das contaminadas.

A própria câmara foi dividida em duas regiões: a saudável e a infectada. Landa logo pensou se estava em dia com a seguradora. Tinha que esperar pela prima para poder confirmar. Se não estivesse em dia, estava perdido.

Voltou a examinar as peles infectadas e viu que o problema não era com as traças. Nunca tinha visto nada parecido. Lembrou-se da primeira conversa com a prima e das que tiveram nos dias seguintes.

No meio das peles, recapitulou os últimos acontecimentos: "É verdade, faz anos que não pintamos a loja. É verdade que ela cheira um pouco a velha. Mas, será possível que a força energética dessa árvore se alastre com suas raízes negativas pela peleteria?"

A prima tinha dito a ele que os caminhos das formigas costumam coincidir com os veios subterrâneos de água ou linhas de força; e que os ninhos dos insetos sempre estão no cruzamento de forças energéticas. Uma encruzilhada.

Continuou falando sozinho: "o verão parece que não acaba nunca. Como se tivesse se apoderado das outras estações. Dá para perceber pela roupa e pelos modos das pessoas. E, para piorar, as nuvens de mosquitos em cima das regiões da cidade onde nasce todo tipo de bactéria. A situação é incontrolável."

Depois de se aventurar em todos estes pressentimentos, Landa foi para a parte de baixo da loja onde ficava um quartinho que funcionava como escritório de contabilidade, e disse à prima:

— Marque um horário com a bioarquiteta, apesar de eu achar que o problema não está fora da loja, e sim dentro. Dentro tem alguma coisa que está doente.

Landa pensou que possivelmente uma nova peste, produto da combinação de todos estes elementos, teria se apoderado de suas peles. Então envolveu as peles contaminadas, isolou-as em sacos plásticos, e decidiu levá-las para a Associação de Peleteiros para consultar outros colegas. Queria saber se alguma vez tinham visto peles naquele estado.

Ao longo da semana, Landa recebeu outro informativo do *Greenpeace*, onde anunciavam um plano de protestos contra um gasoduto que ia ser instalado na selva de Salta. Devido a uma política de barateamento dos custos de instalação, havia a possibilidade de devastarem uma área de cento e trinta e seis quilômetros, e com isso os *yungas*, uma população de descendentes dos incas que viviam na região, estavam correndo perigo.

Além de ser o abrigo de trezentas famílias, era uma reserva natural do jaguaretê, espécie que poderia ficar ameaçada com a decisão empresarial. Na notícia destacavam que o *Greenpeace* não era contra a obra, mas à operação montada para sua instalação.

Landa achou este último argumento razoável, e com isso se agravou seu mal humor. Por seus princípios, ele não poderia concordar com o plano de protestos iniciado pelo *Greenpeace*.

Como forma de denúncia, o *Greenpeace* convocava uma passeata de protesto. Os manifestantes iriam vestidos com camisetas alusivas e máscara com cabeças de jaguaretê.

Landa ficou horrorizado com a visão daquele espetáculo. Parecia que ele simbolizava a verdadeira violência que encobria os fins do *Greenpeace*: seus participantes tomavam a forma de feras carniceiras.

Mas a ideia de que as razões deles pudessem ser justas não lhe saía da cabeça. E o peleteiro era um homem justo. Então decidiu que averiguaria pessoalmente como realmente eram as coisas.

Procurou na lista o endereço do *Greenpeace* e foi à sua sede à procura de maiores informações. Uma funcionária o atendeu. A timidez que habitualmente invadia Landa nestes casos o fez comprar vários livros e levar consigo um formulário para se tornar sócio. Uma vez inscrito, começaria a receber as publicações da organização. No fundo se sentia uma espécie de traidor, mas se consolou pensando que era muito melhor estar em dia com o que o inimigo estava tramando contra ele.

Por fim, como um militante qualquer, decidiu comprar uma camiseta promocional com o logo do *Greenpeace*; era a mesma que já tinha visto uma vez nas fotos do folheto que condenava a construção do gasoduto.

A contradição de Landa ia aumentando, já que começava a simpatizar com as ideias do *Greenpeace*. Ele também era tomado por um sentimento apocalíptico a cada vez que lia alguma notícia sobre o buraco da camada de ozônio. A mão do homem, essa imagem o abateu, vinha produzindo desequilíbrio ambiental.

Curioso, o peleteiro perguntou à funcionária como seria a passeata de protesto pelo problema do gasoduto de Salta. Ela lhe explicou que as pessoas, primeiro, iriam se concentrar na sede do *Greenpeace*; e dali iriam em passeata até o Congresso, para depois se dispersarem pacificamente.

Landa retornou sobre seus passos e com apreensão perguntou sobre as cabeças de leopardo. "De jaguaretê", esclareceu a funcionária com certo tom de indignação. Como é que pode confundir um jaguaretê com um leopardo! O peleteiro ficou envergonhado e pediu desculpas. Então ela informou que somente alguns líderes da organização iriam à passeata mascarados. As máscaras, é claro, não eram naturais, esclareceu.

Inquietou-o um pouco ter começado a tramar uma ação absurda que ia contra seus princípios. O peleteiro lutava, mas essa ideia se impunha cada vez mais sobre qualquer outro pensamento. Sem perceber o que estava fazendo, apertou o passo em direção à loja.

Assim que a prima saiu da peleteria, Landa checou os sistemas de segurança, ativou o alarme e pensou: "O barco está afundando e estou em alto-mar".

Foi em casa, na hora de dormir, que teve a ideia. Uma dessas ideias que costumam surgir ao adormecer e vão perdendo a força no decorrer da noite e que no dia seguinte parecem quimeras, delírios vagos e extravagantes. Mas para Landa, com o correr das horas e a luz do dia, a ideia, ao invés de se dissipar, foi se transformando num plano.

Quando Landa ficou sozinho, bem sozinho com sua ideia fixa, sentiu que a vertigem o invadia. "Ainda está em tempo de parar. Eu preciso me esquecer disso tudo, já perdi minha mulher pela obsessão com as peles. Talvez eu devesse ter dado ouvidos a ela e ter vendido a loja. Mas ela não ia entender nunca que era um ofício de família. É possível, se eu vender a peleteria, que ela volte. Com esse dinheiro poderia fazer alguma coisa útil". Mas este último pensamento lançou-o de imediato em um mar de acusações repugnantes. Viu-se a si mesmo, sozinho como nunca, condenado por todos os familiares: os vivos e os mortos.

Como comerciante de muitos anos, Landa tinha contatos com outros comerciantes. Sua loja de peles ficava na Callao, mas alguns colegas da quadra o colocaram em contato com pessoas que tinham lojas na Rua Uruguay. Lá ele solicitou uma máscara de jaguaretê, copiada de um adesivo que encontrou em uma das publicações do *Greenpeace*. Landa disse ao vendedor: "Vou a um baile à fantasia".

No mais profundo de seu ser tinha a convicção de que era de um leopardo e esteve a ponto de consultar em sua enciclopédia, mas o homem que lhe fez a máscara arrancou-o de suas cavilações: "A cabeça de jaguaretê vai estar pronta em dois dias".

Uma semana depois Landa recebeu na peleteria, e em seu nome, outro boletim do *Greenpeace* e teve uma sensação de estranheza. Resmungou: "Mais de uma vez já não é nem erro nem acaso", esquecendo-se de que tinha sido ele mesmo quem assinara a revista. Porque certamente foi como um zumbi que ele fez aquela visita ao *Greenpeace* e encomendou a máscara que iria buscar ainda nessa tarde.

Entrou no *Florida Garden* e no banheiro vestiu a camiseta. O escritório do *Greenpeace* ficava a duas quadras no sentido da Córdoba e daí partiria a passeata.

Landa trazia a máscara numa bolsa. No princípio não se intimidou. Nessa rua havia tantos homens fazendo propaganda, em cartazes, disfarçados, que uma máscara mais, pensou, não ia chamar a atenção.

Saiu do *Florida* e entrou em um bar no caminho, já a uns metros da associação. E apesar de o sol bater-lhe na cara, disse a si mesmo: "De noite todos os gatos são pardos".

E alguma razão tinha porque a marcha não era nem um pouco organizada. Landa juntou-se ao grupo que com os cartazes, placas e até faixas começava a passeata. "Com um andar felino", resmungou, e sentiu que no íntimo estava zombando de todos.

Passado o primeiro momento de abafamento, o mais insuportável era o calor. O calor imprevisto confirmava que o clima de Buenos Aires há muito tempo tinha deixado de favorecê-lo. Por um estranho mistério as gotas de suor lhe escorriam dos olhos provocando um efeito trágico que despertava um sentimento de comiseração que os outros manifestantes aprovaram com aplausos e gestos vitoriosos. Landa sentiu-se apenas mais um e começou a caminhar em direção ao Congresso.

O barulho e os pedaços de conversas impediam o peleteiro de se apropriar de qualquer informação que tentava desesperadamente captar.

Durante a caminhada houve frases que lhe causaram certo efeito cômico. Um dos homens-jaguaretê disse: "Não há nada pior do que se sentir debaixo desta pele".

As crianças que passavam pela rua acreditavam que eram super-heróis disfarçados, então suas mães lhes explicavam que era uma causa. Essa palavra transformava Landa em um ser ambivalente. Estas pessoas, assim como ele, tinham uma causa.

"Que seja exatamente oposta, nos faz necessariamente inimigos?"

Debaixo da máscara, o peleteiro escondia esses sentimentos contraditórios em relação a seus ocasionais companheiros. Compreendeu que ter se infiltrado não tinha lhe servido de grande coisa.

Entretanto, houve algo que foi decisivo. Uma velha índia marchava no grupo mas, como se tivesse escolhido Landa, aproximou-se e lhe disse:

— Sabe o que é o pior?

— Não — respondeu Landa.

— O pior, senhor, como se chama o senhor?

— Roberto, eu me chamo Roberto.

— O pior, seu Roberto, não é a semeadura, nem a cidadezinha, nem os jaguaretês. Sabe o que é o pior?

— Não.

— É que vão devastar, vão arrasar três cemitérios. Não é alma demais para andar solta por aí?

Landa não conseguiu responder, ficou paralisado. Sempre tinha pensado que seu combate era contra os seres vivos. Mas, e os mortos? Era algo que escapava a seu raciocínio. Pensou em seus antepassados e sentiu que um véu de angústia o deixava embargado.

Sem se importar se descobririam que ele não era um deles, ou porque já o fosse, ou porque estivesse desconcertado, arrancou sua cabeça de jaguaretê e deixou-a em cima de um banco da praça. Tirou a camiseta e também a deixou no mesmo lugar.

Algo como uma urgência corporal levou-o a se desvencilhar desta roupa e a se mover aceleradamente. Tinha que fazer uma coisa inadiável.

Percebeu que alguém estava olhando para ele com estranheza; então voltou para colocar a camiseta, mas não a máscara. Afastou-se da manifestação, entrou num táxi e deu o endereço da peleteria.

Chegou à loja, abriu o cofre, procurou a carta que tinha escrito e rasgou-a.

III

Landa participou de outras duas manifestações, mas não de forma contínua, e sim esporadicamente. Na última dessas manifestações conheceu Verônica.

Nesse momento de sua vida, quando se conheceram, Verônica estava precisando de um advogado e de um homem mais velho. Nessa ordem. Precisava deles para poder sair de um casamento que já se arrastava há dez anos. Ela acabava de chegar aos trinta.

Verônica era bióloga. Sua aproximação à organização ambiental era lógica. Mas mesmo que tivesse outra profissão, seu modo de pensar e de estar no mundo a aproximariam do *Greenpeace*.

Quando Landa a conheceu não sentiu por ela uma atração em particular, exceto por sua juventude. Mas nos sucessivos encontros, acabou se apaixonando e perdeu a cabeça. "E logo eu, que nunca gostei de mulheres jovens", confessou a um cliente.

A conversa surgiu inicialmente quando ele, esquecendo-se do que tinha prometido a si mesmo depois do episódio do barraco, disse a ela que era advogado e Verônica o consultou por um problema legal que afetava seu pai. Ele tinha sido acusado de fraude ao Estado. Como o homem era inocente, estava mais assustado do que se fosse culpado.

O peleteiro apelou novamente ao recurso conhecido. Ele pertencia a outro foro, só fazia direito civil. Mas poderia falar com um colega criminalista.

De fato, o peleteiro entrou em contato com um antigo cliente da peleteria, um criminalista que costumava dar peles de presente às amantes e a quem Landa sempre tinha conferido crédito e discrição.

Para o criminalista, o assunto, segundo relatou a Landa, era simples. Mas o mais complicado da conversa surgiu quando o peleteiro confessou a ele a mentira que tinha contado à moça.

— Qual é o problema se você está separado há anos?

— Não é pela idade, nem por meu estado civil. O problema é que eu falei para ela que eu sou advogado.

— E para quê?

— Para impressioná-la.

— Que estranho, nunca pensei que ser advogado pudesse impressionar uma mulher.

— Elas querem um homem que as defenda.

— Isso é bem provável.

— Se ela perguntar, diga que me conhece da profissão. Que sou um colega seu. Mas que eu não me dedico a assuntos criminais.

— Você está muito apaixonado.

— Por que você diz isso?

— Se alguém está disposto a mentir tanto...

Verônica e o peleteiro saíram durante um tempo. No começo, Landa sentia medo do sexo com uma mulher jovem; quer dizer, mulher jovem para a qual não precisasse pagar. Mas esse não foi o problema. O sexo, e nisso os dois estavam de acordo, foi o que andou melhor entre eles. Talvez porque cada um quisesse impressionar o outro.

Nesses meses ela se separou do marido. Um pouco por insistência do peleteiro, mas fundamentalmente, é justo dizê-lo, porque se apaixonou por esse homem que a protegia como nunca antes a tinham protegido.

Durante os meses em que durou a história, o peleteiro se esqueceu dos problemas da peleteria e até melhorou sua diabetes. A prima foi a primeira a agradecer, porque notou como tinha mudado o humor do primo. Mal humor que muitas vezes ela desculpava, dado que era um dos sintomas de sua doença. Quando percebeu que o primo poderia estar apaixonado, sentiu uma ponta de ciúmes; mas se ele estava feliz, ela, de algum modo, também estava.

No começo, Verônica e o peleteiro iam jantar quase todas as noites em restaurantes vegetarianos e de comida *fusion* caros e badalados.

No início do romance, certamente por questões de geração, os dois desconfiavam um do outro até que, sem se dar conta, e cada um por seus próprios motivos, terminaram se sentindo muito ligados. Mas queriam para suas vidas coisas diferentes. Landa, depois de tanto tempo sozinho, queria voltar a viver com uma mulher, e ela, depois da recente separação, necessitava viver sozinha por um tempo.

Entretanto, começaram a planejar coisas juntos. Algumas pessoas precisam disso e eles também precisavam. Por isso, tiveram a ideia — a ideia foi de Verônica — de abrir uma loja para vender chás de diferentes lugares do mundo.

Nesse mesmo dia Landa comprou um livro sobre a Cerimônia do Chá no Japão e outro sobre infusões exóticas.

Landa ia entrar com o capital. Mas não era uma questão de dinheiro. Ele tinha uma reserva. Ela também, o dinheiro de uma indenização. A garota, por uma questão de princípios, queria que tudo fosse meio a meio. Mas Verônica não tinha a menor ideia do que era uma loja. Para ela, dinheiro não importava. No caso de ganhá-lo, destinava-o para suas viagens. Mas como estavam há tão pouco tempo juntos, nem chegaram a concretizar uma. Por outro lado, como parte de seus trabalhos de campo e da aproximação ao *Greenpeace*, Verônica gostava de viajar sozinha e de um modo pouco convencional.

Com o tempo, Landa se esqueceu de seu primeiro objetivo quando se aproximou de Verônica, que era conseguir informações com ela; e ela de que precisava de um advogado para o pai.

Não tinham nem completado quatro meses desde que se conheceram quando ela começou a cancelar os encontros que combinavam. Às vezes fazia isso antecipadamente, outras no próprio lugar do encontro. Às vezes porque surgia uma reunião da organização, ou alguma viagem de trabalho. A partir de então começaram a se ver com menor frequência, e o peleteiro começou a padecer do que nunca tinha padecido antes: sofrer por amor.

Em muitas das noites em que dormiram juntos, Landa acordava enquanto Verônica dormia. Gostava de vê-la dormir. Achava que o rosto dela ficava dócil e tranquilo. Era como se ela se entregasse ao sono sem resistência. Essa resistência que na vida diurna nunca cedia em relação a ele. Em alguma dessas noites, o peleteiro, olhando para ela, cochichou: "É muito mais fácil amar uma pessoa adormecida".

Verônica queria fazer o que supostamente não tinha feito em seu casamento. Coisa estranha porque, de acordo com o que o peleteiro sabia dela através de suas confidências, ela sempre tinha levado uma vida bastante independente. Talvez ela quisesse continuar vivendo como tinha vivido no casamento, pelo menos quanto a questões de fidelidade e liberdade de movimentos.

Vários foram os motivos da separação. O primeiro, Landa suspeitava que ela, às escondidas, mas não tão às escondidas, continuava se encontrando com o ex-marido; o segundo e principal, pelas coisas que ela tinha contado de sua própria vida.

Landa não podia dizer que Verônica o enganava. Não podia nem duvidar da sinceridade dela, quando disse que tinha se apaixonado por ele, e inclusive que o amava. Acontece que ela era absolutamente imprevisível. De manhã podia defender a ideia contrária da expressada na noite anterior.

O peleteiro atribuía a oscilação dos sentimentos de Verônica à diferença de idade. Depois, com o tempo, compreendeu que essa não era a única razão.

Os dois sabiam que o final se aproximava de maneira inexorável e o combatiam agarrando-se uma e outra vez a um novo projeto, que podia ir de uma casa a uma viagem e de uma viagem a uma loja; até chegaram a falar de um filho. Mas tudo se diluía na manhã seguinte.

Landa sabia disso desde o início. Mas, como costuma acontecer nestes casos, no decorrer da história esqueceu-se de tudo.

Por seu trabalho, por esnobismo e, por que não, por sua rivalidade com os homens, Verônica tinha feito um curso de timoneiro e de mergulho. Inclusive fez a viagem de batismo à Colonia e depois a Martín García. Nesses anos, e já casada, tinha saído com o professor de navegação. Nada importante. Não se afogaram. Apenas dormiram juntos algumas vezes.

Verônica contou isso com graça, e o peleteiro, como quem desfruta a confidência de uma mulher — agora sexualmente sua — sobre uma infidelidade do passado, riu com ela da história do professor.

Mas a história teria consequências depois. O marido, assim contou Verônica ao peleteiro, um dia descobriu tudo e levou um ano para localizar o professor, até que finalmente conseguiu e se matriculou como aluno no curso de mergulho. Um ano depois de terminada a história entre Verônica e o professor, uma história da qual ela já nem se lembrava mais.

Então, numa manhã tocou o telefone do laboratório de Verônica. Era o professor que, emergindo das profundezas, vinha à procura de ajuda.

Encontraram-se para tomar um café e o professor pediu a Verônica uma descrição de seu marido. Ela, que por sua profissão estava acostumada a enxergar pelo microscópio, contou a ele, com riqueza de detalhes, como era o marido.

— Então não tem dúvida, é ele mesmo — disse o professor.

— Por que você diz isso?

— Vejo que você não está surpresa.

— Ele já fez isso outras vezes.

— Então não é a primeira vez que você engana seu marido?

— Ele gosta de desentranhar as coisas.

— Então vocês dois jogam o mesmo jogo?

— Você está assustado?

— Diga para o seu marido não vir mais às aulas.

— Dizer isso seria confessar. Ele quer comprovar. Investigar você. Quer saber o que me atraiu em você.

— Tira este cara de cima de mim.

— Fique tranquilo. Eu contei a ele que ia me encontrar com você.

— Você fez o quê?

— Nada. Eu não disse do que íamos falar, apenas disse que eu ia me encontrar com você.

— Esse é o jogo.

— Você queria tranquilidade. Agora você tem.

Landa riu da história, mas não se esqueceu dela. Primeiro se perguntou se o marido de Verônica sabia de sua existência. Segundo, se fosse assim mesmo, ela poderia acabar descobrindo que ele não era advogado, e sim peleteiro. Em todo caso, não demoraria muito para descobrir.

Desde esse dia começou a observar se um cliente repetia uma visita à loja. Recebeu algumas ligações telefônicas a números errados. Parecia ser sempre sempre a mesma voz. A voz de um homem. Sentiu-se descoberto. Ele tinha imaginado que passar por advogado lhe daria certa proteção. As pessoas, pensava, nunca querem se meter com um advogado.

Landa não se enganou. Ela já tinha contado a seu ex-marido que um advogado amigo seu tinha a intenção de apresentar a seu pai um criminalista.

Quando Landa perguntou a ela com o que trabalhava o marido, coisa que nunca tinha feito nesses meses, como se não existisse para ela outro homem que não ele, Verônica respondeu que era arquiteto, mas que seu hobby era a fotografia.

O peleteiro desconfiou que o marido já tinha fotos dele e de cada um de seus movimentos. E também da peleteria.

Depois desta conversa, a história foi se desgastando. Nunca chegaram a viajar a Londres. Nunca chegaram a abrir a loja de chá. Nunca compraram uma casa.

Começaram a se encontrar de maneira cada vez mais esporádica. O peleteiro evitava todos os lugares onde pudesse encontrá-la. Sobretudo os restaurantes. Apesar disso não custar a ele esforço algum: porque agora só comia *delivery* sem se importar com sua diabetes. Desde que tinham se separado, vivia em certo ostracismo, submerso em suas lembranças.

Escondia-se no apartamento porque sair não o aliviava, só conseguia se lembrar de modo maníaco cada minuto vivido com Verônica, se perguntando quando, onde estava o erro.

De tempos em tempos, quando escolhia para relaxar uma música que tivessem escutado juntos, se comovia. O peleteiro era desse tipo de pessoa que não costuma manifestar seus sentimentos; entretanto, a menor sentimentalidade o comovia completamente.

O mais doloroso era a visão das coisas que Verônica tinha deixado no apartamento. Especialmente a roupa que o peleteiro tinha dado a ela, e sobretudo a roupa íntima. Quando o peleteiro abriu uma gaveta do armário e viu toda aquela lingerie sentiu dor e rechaço, como se estivesse violando uma intimidade que antes tinha pertencido a ele e que agora se evaporava em alguém desconhecido. Não podia dispor destas roupas. Com o restante da roupa era diferente: colocou-a em caixas que enviou à casa de Verônica.

IV

Passaram-se mais de cinco meses até Osso e o peleteiro se encontrarem de novo.

Pele e Osso, como dissera Bocconi, o das piadas sempre óbvias, quase não se conheciam. Porque aquela visita de Landa ao barraco, com um Osso desmemoriado e um peleteiro cheio de medo, mal tinha sido um encontro.

Chegado o momento de se conhecerem, os dois descobriram que se necessitavam. Tinham uma coisa em comum: o mundo tinha se tornado estranho para eles. Entretanto, tinham chegado a este ponto na vida de diferentes maneiras.

Se depois daquela vez, quando Landa visitou Osso na qualidade de advogado, alguém dissesse a ele que voltariam a se encontrar, o peleteiro teria jurado que estava louco. Muito menos concordaria se dissessem que Osso se tornaria uma pessoa importante em sua vida.

A ruptura com Verônica fez com que Landa voltasse a ser tomado pelos pensamentos que o atormentavam até antes de conhecê-la. Sua prima, para quem a mudança de humor do primo e a virulência não passaram despercebidas, disse a si mesma: "Acabou-se o amor".

Levando em conta estes últimos acontecimentos, Landa viu em Osso, que diante de seus olhos mostrava-se como um homem de ação, seu salvador. Procurou-o em Domínico, na academia Gatica, atrás do parque. Conseguiu a informação através de Karina, que perguntou a Bocconi pela vida de Osso.

Na primeira hora, Osso estava na porta da loja. Tinha passado a noite sem dormir, porque, caso se deitasse, não poderia garantir a ninguém, sequer a si mesmo, a hora que se levantaria, se é que se levantaria. O peleteiro tinha lhe deixado um recado na academia. E Osso calculou que se um homem que tinha uma loja na Recoleta queria falar com ele, deveria ser por algo importante.

Osso não trabalhava todo o tempo no rio. Entre outras muitas coisas, às vezes fazia trabalhos de eletricista. Por isso pensou que talvez o homem, de quem não se lembrava o sobrenome, porque nesse momento não se lembrava de nada, o teria chamado para um trabalho desse tipo. A princípio deveria ser um trabalho diferente; além do mais, nunca tinha feito nenhum trabalho nessa região. Então decidiu ir bem vestido e pediu uma jaqueta emprestada.

A maior parte do dinheiro que ganhava, Osso gastava para comprar tênis. "É preciso estar sempre bem calçado para correr", dizia com um ar malandro. Depois de deixar passarem uns segundos, acrescentava: "Para correr mais que a polícia".

Osso nunca tinha entrado em uma peleteria. Chamou-lhe a atenção um cartaz de propaganda atrás da vitrine: "*Sua pele antiga tem valor / Traga-a / e solicite a troca*".

Olhou as peles que se duplicavam em um espelho que estava em um dos extremos da vitrine e pensou: "Como se fosse fácil assim".

Parou diante de outro cartaz que estava no canto oposto: "*Guarde sua pele na câmara frigorífica. Seguro incluído / Sua pele antiga tem valor / Faça uma reforma*".

"Sempre quis ter outra jaqueta de couro com forro de pele de carneiro. Numa dessas posso trocar o trabalho pela jaqueta. Um carneirinho fino que não cheire. A que eu tinha ficou encharcada numa das vezes em que dormi na chuva. Depois nem eu suportava o cheiro. A louca sempre quer que eu compre uma jaqueta nova. 'Para poder encostar a cabecinha no meu ombro', como diz a música. Como disse Rosa Comte quando dançamos juntos esta canção. Quando nenhum dos dois estava louco. Quando Romero não estava em nossa vida. E se eu for buscá-la em Santa Rosa com uma jaqueta nova? Mas agora é verão. Teria que esperar até o inverno. De couro, preta. Marrom é uma bosta, de velho. E teria que ser preta como quando eu tinha a moto. Não esta merda de motoca de entregador. Quem sou eu? Um entregador de pizza? Tenho cara de entregador, por acaso? Quase morro na motoca. Por sorte agora voltei ao rio. Acabou esta história de andar sem nenhuma moeda."

— Mandou me chamar?

— Mandei.

— Você é o peleteiro?

— Estou vendo que você recuperou a memória.

— Vi no cartaz, dá até para trocar de pele.

— Não foi minha intenção ofendê-lo.

— Você teria que trocar até o cartaz da rua.

— Por quê?

— Tem que colocar um fundo negro. Como está, com as letras recortadas, quase não dá para ler.

— Eu gosto assim.

Diante dessa resposta, Osso olhou-o com desconfiança e até fez um leve gesto de retirada. O peleteiro segurou-o pelo braço.

— Não encosta em mim. Bocconi me disse: cuidado com quem é capaz de trocar de profissão e de nome.

— Eu, naquela noite, não disse nada sobre meu nome. Meu sobrenome é Landa.

— Se alguém diz que é o que não é, também pode trocar de nome.

— Foi para impressionar uma garota.

— Você parece uma pessoa endinheirada.

— Isso não tem nada a ver. Tenho baixa autoestima. Pela história dos dois refletores parece que você entende de eletricidade.

— Tem muito eletricista por aí, por que é que você me escolheu?

— Acontece que você parece conhecer pessoas de diferentes ambientes.

— E o que é que isso tem a ver com a eletricidade?

— Na câmara frigorífica só pode entrar gente de confiança.

— Por quê?

— Porque tem peles muito valiosas.

— Hoje em dia ninguém rouba peles. Todo mundo quer dinheiro vivo.

— Nisso você tem razão. Tem a ver com a eletricidade, mas é um trabalho um pouco mais delicado.

— Fale claro.

— Necessito conhecê-lo melhor, saber se você é a pessoa que eu estou procurando.

Ficaram em silêncio. Osso tentava acomodar a cara do peleteiro naquela casa, no momento em que tinha perdido a memória. Landa, por sua vez, olhava-o tentando adivinhar se poderia confiar naquele homem. Não pelo que ele dizia, mas por aquilo que na verdade ele estaria pensando.

— Eu tenho trabalho no rio.

— Nem eu mesmo tenho ainda a coisa clara. Preciso de tempo.

— E o dinheiro?

— Quando a gente entrar num acordo, eu lhe pago por dia.

— Vende jaquetas de couro?

— Só peles.

— Que pena.

— Por quê?

— Andava precisando de uma.

— Mas se é só pelo dinheiro... Tenho uns amigos que vendem jaquetas...

— São estas coisas que por uma razão ou por outra a gente acaba nunca comprando. Mas se é assim...

— Nisso você tem razão.

— Até onde eu entendi, não é um trabalho comum. Então eu também preciso saber como você é.

— Não entendi.

— Entendeu sim.

— Você também precisa me conhecer.

— Preciso saber como você se move.

— O que é que eu tenho que fazer?

— No fim de semana você pode me acompanhar até o *La Salada*. A indústria boliviana.

Era domingo e havia feira no *La Salada*. O lugar escolhido por Osso funcionava no que tinha sido uma fábrica de gelo. Agora vendiam roupa. Quando Landa entrou parecia que o lugar conservava ainda um frio que brotava das paredes. Osso contou que quando criança tinha trabalhado como geleiro.

— Uma lona no peito e um espeto de gelo que parecia uma faca.

— Às vezes, quando o espeto de notas da peleteria está vazio, parece uma faca — respondeu-lhe o peleteiro.

— Então, se quiserem te roubar, você já tem com que se defender.

— Este lugar parece com a câmara frigorífica...

— Viu só, trouxe você a um lugar conhecido.

Na feira tinha de tudo. Bolivianos, peruanos, paraguaios, argentinos. E nos pequenos quiosques trocavam-se pratos de comida por pesos escuros e manchados que pareciam ter perdido o valor.

Eram comidas fortes e Landa não estava acostumado com esses cheiros esquisitos, que lhe davam náuseas. Entretanto, tentava disfarçar.

— Aqui vendem todas as marcas.

— Landa & Sarlic é uma firma, não uma marca.

— Quem é Sarlic?

— Meu sócio na peleteria.

— Você tem um sócio.

— Ele morreu. Mas a firma se manteve. Não é uma marca — insistiu o peleteiro.

— Não dá na mesma?

— Nunca produzimos roupa em série.

— Se você precisar de marcas, com os bolivianos você consegue todas.

— Não é meu jeito de trabalhar.

— Tem medo?

— Não. Tem gente que copia modelos das marcas. A pele é diferente do couro.

— Mas aqui no *La Salada* tem de tudo.

— Para que é que você me trouxe aqui?

— Quero ver como você se move.

— Mas eu vou lhe pagar.

— Isso não tem nada a ver. Se quiser operar aqui, vai ter que preencher um papel. Neste lugar está tudo em ordem. Não se trata de vir e comprar coisas roubadas. Até eu tive que preencher uma solicitação, eu, que não tenho nem um maldito papel, nem um documento. Mas aqui, Landa tem só um sobrenome e só uma profissão: peleteiro.

— Você já me disse isso uma vez.

— Sabe o que eu vim buscar?

— Não...

— Uma loja onde vendam roupa náutica.

— Aqui?

— Já disse que dá para conseguir qualquer marca. O que acontece é que a roupa que a prefeitura nos dá para andar de barco não é roupa, é uniforme.

— E o que você faz no rio?

— De tudo um pouco. Marinheiro, cozinheiro, até mecânico.

— Eu sempre vendi peles, peles apodrecidas.

Landa se sentia desolado. Nenhuma ideia lhe acudia e o dilema que Osso propunha era, de certa forma, o mesmo que ele próprio agora padecia.

Não sabia porque Osso tinha se vestido de reseiro para ir à feira. Landa não chegou a perguntar a ele. Mas diante do olhar surpreso do peleteiro, Osso lhe disse:

— Você pensava que era o único que mudava de profissão.

Entretanto, Landa sentiu que ele não podia nem afirmar que era peleteiro. No último mês tinham sido apenas alguns ajustes que em outros tempos ele sequer cobraria.

Então compreendeu que Osso só contara o que lhe contara e o levara para aquele lugar para que ele, simplesmente, dissesse o que queria.

O peleteiro não sabia como dizer que em sua última visita à câmara frigorífica tinha se visto entre peles inúteis e sem valor. Lá fora, no mundo, a temperatura continuava avançando. Avançando como avançava o *Greenpeace*, com seus cartazes pretos pregados nas paredes próximas à peleteria. Cartazes com uma caveira e um texto: "O Dock é um câncer".

E agora, nesse domingo, o peleteiro andava como um desesperado atrás de Osso. Ele também tinha vontade de gritar: "O que eu faço com as peles?". Mas fechou a boca e só voltou a abri-la para provar quase a contragosto um pouco da sopa paraguaia que Osso lhe oferecia, dizendo que era refrescante. Então, de maneira quase desesperada, não como uma pessoa que está contratando outra pessoa para um trabalho, mas como quem confessa algo inconfessável, num rompante falou para Osso:

— Você tem que me ajudar a incendiar a loja, de um jeito que eu consiga receber o seguro.

Quando a bioarquiteta que se chamava Cristina entrou na peleteria, Landa logo percebeu que a mulher tinha feito uma cirurgia plástica no rosto. Isso sequer a deixava mais jovem, mas dava para perceber que ela tinha se proposto a ser uma mulher distinta.

Landa não tirava os olhos de cima dela. Cristina era uma mulher de olhar forte. "Passou da idade de usar esta roupa. Dá para ver que para parecer informal, ela leva um tempo tremendo se vestindo. Com certeza, ela desdenha as peles".

— Matilde me disse que você queria me consultar.

— Você acha que pode me ajudar?

— Ainda não vi o lugar, mas é fato que se respira uma atmosfera estranha aqui...

— Pode percorrer a loja. O porão... Acredito que o problema está em cima da câmara frigorífica.

— Por sorte o piso não é de plástico nem de borracha. O pior são os tapetes sintéticos.

— Aqui não há nada sintético. Nunca vendi roupas confeccionadas com este material. O sintético é parte da minha ruína.

— O piso de madeira também não é bom se for plastificado. O ideal é a natureza. A terra ou a grama. Mas as lajotas e o mármore são preferíveis à madeira.

— Diga-me do que você precisa para fazer o seu trabalho.

— Ultimamente, vocês quebraram alguma parede?

— Sim, houve um vazamento e veio um encanador consertar um cano.

— Espero que não seja tarde. Teria sido melhor, antes de qualquer marretada, colocar o pêndulo sobre a zona afetada. Estranho Matilde não ter lhe advertido.

— Não me atrevi — disse a funcionária.

— Olhe, senhor Landa, é preciso confiar no método.

— Estou em suas mãos — disse o peleteiro, confuso entre a desconfiança e a imperiosa necessidade de acreditar.

A bioarquiteta começou a percorrer o local examinando cada um dos detalhes.

— Percebo que não há quadros ou fotos que emitam energia negativa.

— Não, apenas modelos com peles.

— Seria preferível que houvesse imagens positivas. Fotos de bebês, ou de flores, ou de filhotinhos de qualquer espécie. Mas entendo, não é o seu ramo.

— Não combinaria.

— É isso mesmo. Antes de entrar na câmara, posso tirar meus sapatos? Preciso ficar descalça para realizar o trabalho. Matilde, você tem meias de lã? Nem nylon nem poliéster. Os tecidos sintéticos acumulam eletricidade estática e geram fortes campos elétricos que envenenam ionicamente o ar.

— Acho que as peles estão envenenadas — interrompeu o peleteiro.

— E também um guardanapo branco de papel. Podem ser os da cozinha. Anulam as radiações e as energias parasitárias.

— Você acha que há este tipo de energia aqui?

— Nunca se sabe.

— O que lhe chama a atenção?

— A cor verde das paredes. De acordo com o método, o verde atrai confusão mental e emocional grave e problemas de vista.

— Acho que você acertou. Tenho medo de ficar louco.

— Por quê?

— Porque o medo pode enlouquecer um homem.

— Vamos para a câmara frigorífica.

— Mas e o que tem a ver as cores?

— As cores costumam estar relacionadas a um metal. O verde, por exemplo, está relacionado com o cobre.

— Mas, isso é ruim?

— Depende de ter ou não compatibilidade. A radiestesia sempre procura descobrir se há ou não compatibilidade entre as radiações.

— Parece que ela tem muitos usos.

— Foi usada na guerra para detectar submarinos.

Depois de cada comentário da mulher, o peleteiro observava sua própria loja como se fosse um lugar estranho, novo para ele, e cada objeto da peleteria fosse absolutamente desconhecido. A bioarquiteta prosseguia o seu percurso. Mais que uma visita cordial, Landa se sentia invadido pelo rigor escrupuloso de uma inspeção.

Cada observação da mulher representava o encontro com um novo problema.

— Sabe por que a geobiologia é importante? Porque tem a capacidade de distinguir o bem e o mal. O benéfico do maligno. Do ponto de vista energético, é claro.

— Você acha que a câmara está maldita? Olhe só estas peles, elas parecem envenenadas.

— Eu lido com a ciência. O sucesso deste trabalho depende da formulação da pergunta correta.

— Minha pergunta é clara: por que as peles apodreceram?

— Não estamos de acordo, essa não é a pergunta correta.

— Qual é então?

— De onde sai tanta energia negativa?

Landa ficou olhando para ela. Depois desviou seu olhar do rosto para os pés. Pensou: "Uma mulher tão alta e uns pés tão pequenos. Não deve calçar nem trinta e seis."

— Nota-se que o senhor se nega a colaborar porque não acredita. Se não, em que estava pensando?

— No porquê de você ter feito uma cirurgia plástica. É tão bonita, jovem. Desculpe-me, não é minha intenção ofendê-la.

— Claro que não me ofende. Justamente porque meu rosto anterior irradiava energia negativa. A cirurgia mudou minha expressão.

— E o trabalho interior?

— Foi do meu interior que surgiu a necessidade energética dessa modificação.

— Com certeza, faz tempo que minha cara está carregada de energia negativa.

Uma semana depois da visita ao *La Salada*, Osso apareceu todo enfaixado. Como não havia ambulância, seu compadre Omar e sua mãe o levaram ao plantão do hospital em uma caminhonete. Como o hospital não tinha cadeira de rodas, carregaram Osso num carrinho de pedreiro.

Osso olhava o mundo daí. Rente ao chão. Era um despojo. Enquanto seu corpo se acomodava aos trancos do carrinho e ele tirava um pouco do cimento que grudava na sua cara, xingava o compadre porque as ataduras que tinham colocado nele provisoriamente estavam ficando pretas. Quando entrou no hospital berrou:

— Isso lá é jeito de transportar um trabalhador?

Ninguém respondeu, nem mesmo o médico residente, que no pouco tempo em que estava no hospital e nessa função já tinha se acostumado a ver de tudo.

— Nesse lugar não tem uma porra de uma cadeira de rodas. Eu venho no meu instrumento de trabalho. Sou peão de obra. Um pouco pedreiro, um pouco encanador, um pouco eletricista.

Então tiraram Osso do carrinho. Os doentes, as pessoas, os funcionários paravam para olhar. Mesmo na miséria o diferente surpreende. Osso gostava de provocar. O carrinho não era a única maneira de transportá-lo para dentro do hospital. Lá fora, o amigo junto com a mãe tinham ficado esperando devolverem o Osso.

"Vão me trocar atadura por atadura", disse depois dos primeiros curativos, em tom de ameaça. As queimaduras não lhe importavam. O importante era que, por princípio, as coisas tinham que ser respeitadas.

Até o médico olhava para ele assombrado. Nenhum dos queimados que tinha visto no plantão dos hospitais suportava a dor, e sentiam até repulsa pelo próprio corpo. Mas com Osso era como se as reclamações acalmassem qualquer sofrimento. Ao adivinhar o que o médico estava pensando dele, e não era a primeira vez que aquilo lhe acontecia, Osso disse:

— Sabe por que não tem cheiro? Porque não tem carne. Sou Osso, puro osso.

O compadre conhecia a personalidade provocativa de Osso. Então entrou no plantão para apaziguar as coisas, mas assim que o viu entrar, Osso lhe disse:

— Como é que não ia me doer se eu estou com a cabeça queimada?

— Já te falei, você tem que largar a louca.

— Mas, e os meninos?

— Não são seus. Você tem que cuidar do seu filho!

O plantonista interrompeu a conversa de Osso com o compadre, ordenando com um gesto que Osso se deitasse na maca.

— Eu por acaso sou uma múmia? — disse Osso olhando para o doutor, um simples residente que tinha sido jogado dentro do hospital de uma hora para a outra, e que tinha que aprender tudo na prática. Aprender tudo na prática significava falar o menos possível.

Quando Landa apareceu na porta do Plantão Médico — Osso tinha mandado o compadre chamá-lo antes de ele sair do hospital para o caso de necessitar de dinheiro para os remédios — ficou paralisado, não pelo medo, mas pela vergonha diante do que via.

Sentia vergonha de que o associassem a Osso, por mais que o envergonhasse ter esse sentimento por alguém que começava a ser seu amigo.

Osso, captando a situação que o peleteiro enfrentava, tão logo este saiu de seu estupor e lhe perguntou o que tinha acontecido, respondeu:

— Você não queria fogo...?

A mãe de Osso, que não largava o gorrinho, interrompeu o diálogo e apresentou-se para Landa, que disse a ela que já se conheciam. Ela olhou-o com receio e o peleteiro, para ganhar sua confiança, disse-lhe:

— Nós nos conhecemos quando Osso perdeu a memória.

Ela o olhou com mais desconfiança ainda e como que para enxergá-lo melhor, ou para escutá-lo melhor, ou sabe-se lá por que motivo, tirou o gorrinho.

— Será que não é você que está trazendo o azar?

— Senhora, eu mal o conheço.

— Foi a mulher, a louca. Ela que o queimou. Jogou água fervendo nele.

Osso corrigiu-a:

— Não estava fervendo. Estava desinfetando aquela pocilga. Não gosto que os piolhos me comam.

A essa altura, Landa já começava a sentir por Osso uma mistura de ódio e piedade, mas sobretudo sentia medo de que Osso estivesse um pouco louco ou ao menos com algumas ideias fixas a respeito do mundo que o rodeava. Nessa encruzilhada já não sabia se seguia em frente com o plano de incendiar a peleteria ou não. E também não estava convencido de que Osso fosse o homem indicado para o trabalho.

— Primeiro no barraco me encheram de gelatina. Como se eu fosse uma sobremesa. Era a única coisa que tinham à mão. As moscas vieram em cima de mim. Você não sabe como ficou a caminhonete do Omar.

Então o peleteiro deu um pouco de dinheiro ao compadre e perguntou se ele não achava melhor chamarem um táxi. Osso tinha assinado um papel, assumindo a responsabilidade por ter abandonado o hospital.

— E como a gente leva o carrinho? Não, eu volto na caminhonete do meu amigo. Se você quiser me fazer um favor, leva a minha velha.

— Eu não vou com desconhecidos — negou-se ela com firmeza.

— É o peleteiro que eu te falei, mãe.

— Não me lembro.

— Você não se lembra que eu disse que um dia desses eu pedia um casaco para você?

— Não uso coisas usadas.

— Usado não, novo. Não é, Landa?

— Senhora, eu não vendo coisas usadas.

— Ainda assim, eu volto com meu filho.

Quando terminaram os curativos e indicaram o tratamento e a medicação, Osso mandou chamar Omar, que tinha saído outra vez porque o cheiro do hospital lhe fazia mal.

— O assunto é que minha febre não pode subir.

Omar ficou olhando para Landa, não sabia por que é que ele queria se juntar com Osso. Essa lealdade que Omar tinha pelo amigo nasceu no dia em que ele o salvou da polícia, porque Osso conhecia gente de todo o lado.

— Bocconi me mandou desconfiar de quem muda de profissão. E isso porque ele ainda não sabe que você também muda de nome.

E Osso saiu do hospital com as ataduras novas. Enquanto isso, Landa tinha ido até a farmácia em frente para comprar ataduras novas para quando fosse a hora de trocar as que tinham posto. O peleteiro pensou: "Osso está melhor que eu, apesar das queimaduras e de estar meio louco". Não havia lugar para ele, nem um lugar que fosse seu e onde pudesse estar. Osso tinha seu carrinho de pedreiro e a lealdade do amigo. Já Landa fazia tempo que não tinha ninguém e não por culpa das peles nem pelas dificuldades econômicas. "O problema sou eu", disse, "e eu, faz tempo que perdi a bússola".

Osso pediu a Landa que o acompanhasse na caminhonete. A mãe de Osso tentou ir na cabine junto com Omar. Como os quatro juntos não cabiam, Osso teve que ficar na parte de trás junto com o peleteiro. Tiveram que ajudá-lo a subir no carrinho, e mais por obsessão que por necessidade quis voltar para casa transportado da mesma maneira. Só que agora as ataduras estavam brancas.

— Aqui a gente pode falar.

— Mas não estamos sozinhos — protestou timidamente Landa.

— Eles são minha família, é o mesmo que se eu estivesse sozinho.

— Mas...

— Eles já sabem de tudo...

— Tudo?

— Do que têm que saber para o caso de você querer me passar a perna.

— Nunca pensei nisso.

— Agora eu sou um sujeito muito desconfiado. Antes eu não era assim. Você acha que as coisas não acontecem contigo, até que elas te acontecem. Ainda mais nestes casos.

— É melhor a gente deixar para outra hora.

— Olhe, Landa, procure outro. Na verdade eu mesmo nunca pensei em fazer o serviço, mas em procurar alguém. E agora, com isto que me aconteceu, mais ainda. Não quero ver fogo por um bom tempo.

— Então não posso contar...

— Pode, claro que pode. Vamos arrumar um brasileiro.

— Não estou entendendo.

— Na favela dá para arrumar qualquer coisa. Droga, puta, traveco, carro roubado, documento, revólver. E até um brasileiro. Alguém que não é de um lugar só, que ninguém conhece, que todo mundo diz que já viu, mas que ninguém nunca encontra.

— O melhor é a gente deixar tudo como está.

— A peleteria a gente ajeita com gasolina. Uns galõezinhos e é só tocar fogo. Não vai sobrar nenhum casaco. Só cinzas.

Na semana seguinte, Landa se dispôs a organizar a vitrine de sua loja com um prazer e um gosto que revelavam nele um ofício frustrado, o de decorador, além de encontrar a desculpa para demitir o vitrinista alegando motivos econômicos.

Na verdade a demissão não tinha sido por questões de dinheiro, mas por motivos estéticos. Ultimamente influenciado pela moda, o vitrinista escolhia um tipo de decoração muito bucólica, na qual as peles eram expostas de maneira praticamente despercebida nos manequins, adquirindo uma mansidão que tinha a ver com sua extinção.

Landa discutiu isso duramente. Para manter o estilo sóbrio e elegante não era necessário um vitrinista, apenas bom gosto e distribuir as peles com *charment*. Pronunciar a palavra em francês fazia com que ele se sentisse distinto. Mudava até a expressão do rosto.

O peleteiro preferia um estilo agressivo e selvagem, que devolvesse às peles o seu aspecto felino.

Depois de terminar a vitrine e com a alegria de ter vendido um belo e caro *vison*, Landa se sentiu reconfortado. A recuperação das vendas melhorava um pouco seu estado de ânimo e dava novos brios para pensar no futuro. Então pensou que a ideia de incendiar a peleteria tinha sido fruto de um momento de desespero.

Com a alegria característica dos que têm dinheiro no bolso, o peleteiro procurou um lugar novo para suas investidas. Foi assim que, uma vez encontrado o lugar, entrou sem ter decidido nem o nome nem a profissão que adotaria. Isso lhe causou um grato sentimento de liberdade, ao qual se somaram o entusiasmo e a curiosidade assim que colocou em prática o conselho da prima: além da massagem tradicional tinha acrescentado o *reiki*.

A imaginação do peleteiro ficou atiçada e ele pensou nas profissões extravagantes que ele admirava, como marinheiro mercante ou dentista. Depois, quando viu sua imagem no espelho do elevador, disse: "Ninguém acreditaria em mim".

Tocou a campainha e após dizer olá, quando lhe perguntaram o nome, pronunciou Roberto. Depois de uns minutos apareceu na cama nu, coberto por um lençol, como se fosse uma mortalha. O lugar era bastante úmido, sentiu que poderia morrer ali sem que ninguém soubesse quem era ele. Apenas um diabético segundo a placa identificatória que trazia no pescoço. O peleteiro nunca andava com os documentos por uma questão de segurança.

Então, enquanto a garota que estava na penumbra lhe falava suavemente, ele sentiu a necessidade de fazer a ela uma pergunta íntima; isso para entrar em conexão e não se sentir um pedaço anônimo de carne em cima da cama.

— Você tem filhos?

Para sua surpresa, porque eram mulheres desconfiadas, ela respondeu espontaneamente:

— Duas meninas. As duas adotadas. Moro no interior. Estão no meu nome. Você sabe, lá o delegado me conhece. É melhor a adoção do que elas ficarem jogadas por aí. Só lhe conto isso porque você parece ser boa gente.

E o peleteiro, pela força do hábito, pela necessidade imperiosa de estar outra vez no mundo, perguntou-lhe:

— E a parte legal? Os documentos?

A garota, sem desconfiar, mas assustada, voltou a dizer:

— Eu disse que tenho os papéis em meu nome. Você trabalha com quê?

Quase com alívio para seu corpo e sua cabeça, quase relaxando pela primeira vez, respondeu a ela:

— Sou advogado.

Quando ela decidiu mudar a música, viu-se obrigada a acender a luz do quarto, que deixou de estar envolvido por uma penumbra violácea. Ele perguntou:

— Como você disse que se chamava?

A garota virou-se surpresa e respondeu sem vacilar:

— Eu disse que me chamava Camila.

O peleteiro voltou a olhá-la nos olhos e disse:

— Você não me atendeu uma outra vez?

Certo desconcerto apoderou-se do rosto da mulher. O que o fez desconfiar ainda mais. Mas ela voltou a dizer:

— Nunca te vi.

Landa começou a transpirar. Tinha certeza, ele tinha sido atendido pela tal da Camila em outro lugar. Enquanto olhava o diploma indecifrável pregado na parede, tentava em vão lembrar-se o endereço.

Sentiu-se sendo invadido pela desconfiança e insistiu:

— Tem certeza de que não me atendeu em outro lugar?

A mulher começou a se cansar. Ele mesmo teve a sensação de que estava sendo inconveniente.

— Já disse que não — respondeu incomodada.

O peleteiro se acalmou. Mas então ela acrescentou:

— Que sentido teria?

O peleteiro percebeu que tinha atingido o alvo.

Pouco a pouco surgiu em sua memória um nome russo, exótico e inesquecível, mas calou-se porque se o revelasse, também ele se revelaria. Por alguma razão ela queria esconder sua identidade ou, simplesmente, tinha trocado de nome.

Saiu da casa de massagens com um profundo desassossego. Tinha descoberto algo que o transtornava. Qualquer um podia trocar de nome. Qualquer um podia ser outro.

Nesse mesmo dia Osso tinha ido à capital para internar sua mulher, a louca, no Moyano. A mulher tinha quatro filhos, nenhum era dele.

Osso deixou a louca internada e aproveitou a viagem ao centro para se encontrar com o peleteiro e acertar o preço do trabalho.

Landa estava vacilante. Na última semana as vendas tinham melhorado e se as coisas continuassem nesse ritmo ia terminar fechando bem o mês. Então pensou que o melhor seria adiar a questão do incêndio da peleteria usando como desculpa o lado econômico. Entretanto, falaria com toda cautela porque temia a reação de Osso.

— Quero saber quanto isso vai me custar.

— Se for na capital, o preço é outro. Nós conhecemos a polícia do interior.

Na capital é outro preço. Mas já te falei, o melhor mesmo é um brasileiro, depois ele cruza a fronteira e some por um tempo. Não vai ter nenhum problema com o seguro. O problema é o fogo não se alastrar. Se ele se alastrar e descobrirem que o incêndio é intencional, podem querer investigar. As peles se queimam rápido. Depois da história das queimaduras eu estou na minha, não saio da oficina do meu amigo. Por isso estou na minha, fechado dentro de mim mesmo. Está entendendo? O melhor é se fechar dentro de si mesmo.

— Entendi, mas não sei se é o melhor.

— Só falo com a louca, que é como falar sozinho.

— No rio, te pagam bem?

— Um contrato que renovam faz uns anos. É melhor do que ter emprego fixo. Não gosto de nada que me prenda.

— E por que é que você está aceitando o que eu te ofereço?

— Um pouco de dinheiro extra não faz mal a ninguém.

— Todo mundo conhece você.

— Eu no meu bairro não tenho inimigos. Nem os da umbanda. A ideia de que os da umbanda estão do lado bom e os da quimbanda do mau é mentira. Tem de tudo como em toda parte. Eu ando com problemas com um pai de santo porque ele levou vários dos meus filhos. Ele dá de comer para eles. Ele faz eles rezarem. Trabalham como ajudantes do pai de santo. Com os umbandistas da favela eu não tenho problema. Uma vez me escondi lá. Lá a polícia não te procura. Eles têm medo do além. Eles têm mais medo da macumba que das balas. Eu também. Mas sabe o que acontece, meus quatro filhos foram com o pai de santo. Não dá para viver assim. A gente acaba gostando deles como se fosse pai. Porque essa gente, queira você ou não, acaba ensinando os meninos. Os umbandistas andam sempre bem com as mulheres. Sempre terminam convencendo elas. Eles só querem tirar seu dinheiro. Isso sim, eu vi quem contrariava eles se retorcendo. Como se estivessem com o diabo no corpo. Vi um que tinha até espuma saindo pela boca. Parecia que ia explodir. Por isso eu tenho mais medo deles que da polícia. A polícia te mói de pancada e tudo bem. Mas se os umbandistas te possuírem, você baba e se contorce como se fosse epiléptico. E ainda se mija todo. Quando te dói na alma é pior ainda. Por sorte tenho o trabalho do rio.

— Como é o trabalho do rio? — perguntou o peleteiro tentando disfarçar um interesse que não dava para esconder e que não passou despercebido para Osso.

— Trabalho com mais dois, um deles você conhece, o Bocconi, o outro é um engenheiro, o Gerardi. Navegamos em uma lancha da prefeitura pelo Riachuelo. Um percurso curto. Levamos funcionários e políticos por conta da poluição do rio.

Como qualquer ser humano, Landa tinha uma ideia, um projeto secreto. Mas, diferentemente da maioria, ele estava disposto a transformá-lo em realidade. Calculava o risco do que pensava fazer? É difícil saber.

Na verdade, tudo nele era confuso. Não sabia se esta ideia tinha sido provocada pela situação atual e se apenas respondia a uma causa econômica, ou se existiam razões mais profundas e desconhecidas.

Era uma ideia que nunca abandonou, inclusive antes de pensar em incendiar a peleteria.

Landa havia escutado Osso em silêncio, um pouco espantado, mas não o suficiente para não calcular que no futuro ele poderia ser-lhe de alguma utilidade.

Portanto, como tinha prometido, deu a ele um adiantamento em dinheiro. Ele avisaria quando e quais seriam os próximos passos a seguir. Despediram-se como amigos, como de fato começavam a ser. Nem mesmo eles percebiam o que estava acontecendo.

O peleteiro estava convencido de que ele, sozinho, não estava em condições de solucionar o problema de sua loja. Portanto, era partidário de uma solução extrema. Uma saída pela tangente teria sido o melhor. Mas pedir falência lhe parecia impossível, comercial e moralmente. Abandonar a loja teria sido romper uma tradição.

Entretanto, não perdia a esperança de que a fatalidade pudesse salvá-lo. Para tanto, confiava em um sonho que às vezes adquiria a desmesura de uma profecia. Um dia chegava à peleteria e via a loja envolta em chamas. Ver as peles ardendo seria fascinante, apenas imaginar a cena já causava nele o mesmo efeito hipnótico que a agulha hipodérmica. Se isto acontecesse com o peleteiro, acabariam todos os seus problemas, iria receber o dinheiro do seguro e ficaria com a consciência aliviada.

Só um acidente assim era capaz de salvá-lo. Contando com essa possibilidade, fazia cálculos que eram quase bizarros. Considerava as peleterias como lojas de material altamente inflamável, como as lojas de colchões e as casas de fogos de artifício. Mais ainda, prevendo as características de sua loja e de seus próprios pensamentos, Landa tinha se obrigado a pagar um seguro bem alto pela loja, e com isso sua tentação e seus remordimentos estavam à altura do montante contratado.

Osso estava fazendo aniversário e Landa presenteou-o com uma sessão de massagem com uma das garotas. Além da massagem acrescentou o *reiki*. Decidiu de repente, sem pensar muito, apesar de nunca ter existido entre eles nenhuma intimidade, só uma mínima familiaridade.

Mas pensou que assim como Osso tinha ido com ele ao *La Salada*, ele precisava fazê-lo conhecer algo de seu mundo. Inclusive chegou a pensar que dessa forma Osso iria respeitá-lo mais.

— Que presente estranho.

— Você precisa relaxar. Está muito tenso.

— Um puteiro — disse Osso.

— Não, é outra coisa.

— É aqui onde o Bocconi vem?

— Não, isso é *reiki*. O corpo se desprende da sua mente. Ou, melhor dizendo, a mente se separa do corpo. Trabalha com os canais energéticos. Trabalha com os mantras.

— É a primeira vez que eu escuto essa palavra.

— É uma redistribuição da energia. Restabelece as sintonias necessárias para que seus símbolos se conectem de maneira correta e você possa agir harmonicamente.

— Que símbolos?

— Cada parte do nosso corpo corresponde a um símbolo. Os *chakras* são centros de energia.

— Tudo isso parece invenção.

— Os seres humanos têm vários *chakras*. O solar, o cardíaco...

— Acho que você ficou louco. O pior que você não percebe.

— Acontece que Diana, com sua técnica, capta as cores. A mais complicada é a violeta, porque é percebida como inibidora do movimento.

— E tudo isso, o que é que tem a ver comigo?

— O que eu quero é que você esteja bem relaxado para poder agir.

— No quê?

— Ainda não posso te adiantar nada.

— Não gosto de andar no escuro.

— Você vai ter que ser paciente.

Landa viu Osso tirar a roupa e se deitar na maca. Lembrou-se de seu corpo magro e tenso, radiográfico. A cocaína lhe comia o corpo.

A garota que trabalhava na sala ao lado da de Diana chamou Landa. Ele automaticamente tirou a camisa e ficou com o tronco nu.

O peleteiro fez um gesto como que para esconder a correntinha que tinha no pescoço. Osso desconfiado perguntou-lhe:

— E isso, o que é?

— Uma placa que diz que eu sou diabético.

— Está com seu nome?

— Não enche, Osso, não enche... Coloca música para relaxar — disse o peleteiro.

— Se eu te chamar, você escuta?

— Ela é de confiança. Melhor eu te deixar com a Diana.

— No barraco com o compadre, uma vez fizemos uma festa. Mas você eu nem conheço. Não sei por que é que você faz isso.

— Você tem preconceito porque é evangélico?

— Tenho medo de ser roubado.

— Você é desconfiado.

— Tenho uma curiosidade. Bocconi já me disse que você era diabético. Eu achava que era como a história de ser advogado.

O peleteiro levou a mão para placa de identificação e disse:

— Olha só. É verdade.

— Falsificar uma placa é a coisa mais fácil de fazer.

— Olha, se um dia você tiver que me injetar.

— Não fode.

— Então você acredita?

— Pelo menos serviu para a gente ficar mais chegado.

Diana olhou seu relógio e depois fez um gesto de impaciência como que mostrando o tempo que passava. Mas os dois homens estavam tão entretidos na conversa que não lhe fizeram caso.

— Esqueci de perguntar, Osso, você está fazendo quantos anos?

— Cinquenta.

— Também estou nesta faixa.

— Você é de que mês?

— De março.

— Eu tenho uns meses a mais. Você tem que me respeitar.
— Nunca pensei que você saísse com puta.
— Isso é outra coisa.
— Cada um chama como quer.
— Vou deixar vocês sozinhos.

— O que você contou para a Diana que ela saiu tão risonha?
— Que era meu aniversário.
— Foi isso.
— E ela me disse que não ia cobrar.
— Olha só.
— Então eu disse que era você quem estava pagando.
— Então ela te deve uma.
— Ela diz que dá sorte. Que joga o número na loteria. Já ganhou mais de uma vez.
— Você parece relaxado.
— É a primeira vez que uma mulher me diz que eu trago sorte.

Na peleteria, uma surpresa esperava por Landa: seu filho. Ultimamente o peleteiro andava tão imerso em seu próprio mundo que o via pouco. O garoto necessitava de dinheiro para pagar o inglês e tinha ido à loja para encontrar o pai e pegar a grana.

Foram ao café da esquina como sempre e depois de abandonar as perguntas triviais e cotidianas e de colocar em dia as novidades inexistentes, quase com tédio, tédio que o filho, além de compreender, também compartilhava, Landa decidiu falar de suas coisas.

O peleteiro tentou se lembrar de como é que seu pai falava com ele nessas ocasiões. Percebeu que todas as coisas que criticava nele durante sua juventude, agora que passava por elas como pai já não lhe pareciam mais tão absurdas. O que ele sim se lembrou foi que seu pai sempre falava com muitos rodeios, evitando a conversa direta. Ele optou pelo método contrário.

— Não aguento mais, vou vender a peleteria.

— Quando?

— Não sei, ainda não consegui um comprador.

— Claro, isso leva tempo.

— Tomara que não muito.

— E depois, o que você vai fazer?

— Uma imobiliária, talvez.

— Mas os jornais dizem que o mercado está saturado.

— Os jornais exageram de acordo com suas conveniências.

— Suponho que você tenha procurado um profissional.

— Então você não acha ruim eu vender a loja.

— Não mesmo.

— E a herança?

— Espero ter minhas próprias conquistas.

— É o melhor, nunca se sabe quanto tempo vai durar este negócio.

— Você sempre repete isso.

— É que agora também tem o aquecimento global. Cinco graus em dez anos. Ninguém mais vai comprar peles. Eu me preocupo com seu futuro, o que você pensa em estudar?

— O que estou estudando. Sistemas. Você se esqueceu de que em uns dias eu vou viajar para os Estados Unidos?

— É que ultimamente a peleteria está acabando comigo.
— Não é a primeira vez que eu te digo isso.
— Falemos de negócios.
— Sei no que você está pensando.
— Como sabe?
— Soube desde que vi as letras douradas L & S na porta da peleteria.
— O que você está dizendo?!
— Percebi que não era a entrada do paraíso.
— Mas e o futuro... o seu futuro.
— Eu tiro ou coloco um peso em suas costas se eu te disser que nunca me interessei pela peleteria?
— As duas coisas.
— Lamento. Pode vender. Faça o que for melhor para você.
— Posso te fazer outra pergunta?
— Claro.
— Por que o adesivo da raposa no seu quarto?
— Uma namorada me deu. E eu achei simpático.
— Simpático?
— Se você não gosta eu posso tirar.
— Você se lembra do que está escrito nele?
— "Você quer sua pele, eu também".
— Quem diz é a raposa.
— Quem mais poderia dizer?!
— Posso fazer uma última pergunta?
— Vamos lá.
— Alguma vez te incomodou ter um apelido?
— No primário todos tínhamos apelidos.
— Como te chamavam?
— Você não se lembra?
— Não.
— Você vai rir. Me chamavam de Pele.
— Filhos da puta.
— Por quê?
— Porque também me chamaram assim até o segundo grau.
— O meu durou menos.

Landa viu o filho partir e sentiu certa paz. Agora podia queimar a peleteria, podia vender ou até leiloar. Tinha tirado um peso de várias gerações das próprias costas.

V

Landa leu no jornal que o *Artic Sunrise* iniciaria sua viagem rumo a Buenos Aires. O quebra-gelos atracaria em quatro semanas no Terminal 3, doca B, do porto de Buenos Aires.

Havia partido do mar austral. Lá — naquele que é conhecido como o santuário das baleias —, enfrentara pela última vez os baleeiros japoneses. O peleteiro pensou que de alguma forma o navio vinha purificado.

O *Artic* ficaria mais de um mês ancorado no porto e aberto à visitação. O peleteiro calculou que tinha mais de um mês para arquitetar sua estratégia.

Já há bastante tempo vinha estudando atentamente as características e os movimentos do quebra-gelos.

O barco tinha uma história estranha e isso atraiu a curiosidade de Landa. Em suas origens o *Artic* navegava pelos mares em busca de baleias — outras versões asseguram que era um barco para caçar focas —; inclusive chegou a enfrentar embarcações do *Greenpeace*.

Logo foi utilizado para caçar focas até que o *Greenpeace* o interceptou enquanto transportava equipamentos para a construção de uma pista de aterrissagem em uma reserva de pinguins na Antártida.

Mas fazia já dez anos que o navio se juntara à frota ecologista. O peleteiro tomou esta mudança de orientação como um sinal positivo. Disse a si mesmo: "Não sou o único que muda de nome ou de bandeira. Este é o mundo em que nos foi dado viver".

Em seu quarto, Landa tinha uma foto ampliada do *Artic*. No pôster podiam ser apreciados os seus quarenta e nove metros de comprimento e os doze metros de largura.

O casco, arredondado e sem quilha, possibilitava empurrar suavemente o gelo, em vez de chocar-se contra sua dureza.

Esses dados que o peleteiro tinha encontrado na foto agora tinham para ele outro significado.

Sua verdadeira obsessão era a quantidade de tripulantes. Landa não queria causar nenhum mal aos trinta tripulantes.

O acaso da chegada do *Artic* e não do *Rainbow Warrior*, foi interpretado por Landa como um bom sinal que favorecia seus planos. Este último barco o intimidava mais. Primeiro, pelo nome; segundo, porque não tinha mudado de bandeira como o quebra-gelos.

Tempos atrás o veleiro a motor *Rainbow Warrior* estava ancorado em Buenos Aires e depois navegou pelo Paraná, pela bacia de La Matanza e pelo Riachuelo. Naquela ocasião os ecologistas fizeram seus protestos contra o Atanor de Lavallol e a Celulosa Argentina, a Duperial e a Petroquímica Bermúdez. Para o peleteiro era como aprender a ler de novo. O veleiro a motor possuía equipamentos de navegação e de comunicação via satélite, painéis de energia solar para o provimento de água quente, uma estação dessalinizadora e um sistema de reciclagem de resíduos.

"Osso trabalha no rio, deve ter alguma ideia do assunto porque ele navega pelo Riachuelo e diz conhecê-lo como a palma de sua mão", deduziu o peleteiro. Landa tinha estudado cada movimento do veleiro, mas necessitava de mais dados sobre o quebra-gelos. Entretanto, ainda tinha umas semanas pela frente para conseguir mais informações.

O quarto de Landa parecia um porto em miniatura ou, melhor dizendo, um pequeno estaleiro.

Alguns dias depois, o peleteiro estava na seção de música clássica de uma loja de discos. Tinha voltado a procurar refúgio na música. Estava com os fones de ouvido, escutando uma sonata. Parecia absorto. Verônica tentou interrompê-lo, colocando-se na frente dele.

Quando escutava música clássica o peleteiro costumava fechar os olhos. À primeira vista podia parecer um ato de esnobismo, mas não, nesses momentos o peleteiro se transportava, vivia em outro mundo. Então ela insistiu.

Landa, apesar de evitá-la durante muito tempo, mais de uma vez imaginou que se encontravam ao acaso. Essa ideia o enchia de alegria, uma sensação que aumentava à medida que Verônica, em sua lembrança, ia adquirindo o rosto e o sorriso que a faziam diferente de outras mulheres. Entretanto, nessa noite, sem que conseguisse explicar direito, ficou sem reação. Nessa posição, ele parecia uma estátua. Ela o chacoalhou levemente e ele, finalmente, a reconheceu. Ficou bastante alterado.

Ao ver em seu rosto certos traços semelhantes aos de um animal encurralado, ela esteve a ponto de recuar. Mas para ambos já era tarde demais.

Verônica, sem lhe dizer sequer olá, vomitou-lhe:

— Eu sei quem você é.

— Quem te contou?

— Isso não importa.

— Seu marido.

— Você me enganou todo o tempo. Um peleteiro. Apesar de que, pensando bem, foi o mais interessante. Achei fascinante que você pudesse inventar toda essa história.

— Seu marido me descobriu.

— Fique tranquilo, fui eu.

— Não acredito.

— São palavras que ditas por você não têm valor algum.

Verônica dispunha de uma informação que o peleteiro ignorava ou pretendia ignorar. Ela conhecia a fundo o assunto das peles. A garota sabia como os peleteiros da Espanha trabalhavam. Conhecia a Norma Aduaneira que dizia que as roupas de pele deveriam trazer uma etiqueta que dissesse: "Pele de origem controlada".

Mas ela lhe dizia que tudo era falso pela simples razão de que a pele mais cara era a do animal mais protegido. Além disso, as peles apreendidas em controles alfandegários ou em peleterias acabavam sendo leiloadas pelo Estado e compradas pelos próprios peleteiros.

— São chamadas de peles branqueadas — disse ela com certo menosprezo.

— Eu sou peleteiro, não sou criador.

— Isso não lhe exime. Sabia que para as lontras até hoje usam cepos?

— Eu disse, eu trabalho com peles, não com animais.

— Você conhece o lema dos peleteiros europeus?

— Criadores, não peleteiros.

— A cria junto com as mães, sacrifício sem sofrimento.

— Por que a vida nos juntou?

— Não estamos falando disso. Os métodos aplicados à chinchila são o do gaseamento, que provoca uma longa agonia; e a eletrocução: um eletrodo na boca e outro no ânus.

O peleteiro olhou para ela como que ausente e assombrado. Ausência que a boca de Verônica produziu nele com a palavra ânus. E o assombro ao comprovar como mudam de sentido as palavras eróticas quando se perdeu a intimidade.

— Você percebe, Landa, que ânus soa mais cruel que cu.

— É uma conversa cruel.

— E por estas latitudes, por questões técnicas e econômicas, asfixia por estrangulamento e desnucamento.

— O que você quer que eu faça?

— Recicle-se como outros peleteiros. Trabalhe com outros tipos de tecidos, algodão, lã.

— Você se refere a peles sintéticas e eu sou peleteiro.

— Não, querido. Se a pele ecológica se chama sintética não é nossa responsabilidade. A sintética é um derivado do petróleo.

— Esta conversa não nos leva a lugar nenhum.

— Leva sim, à sua própria armadilha. Você nunca viu uma raposa numa armadilha? Jorra sangue pelo focinho e pelas patas.

— Eu repito, eu nunca matei um animal.

— Depois o garrote e o golpe seco.

— Eu não conhecia estes métodos.

— Você prefere o cativeiro? Vinte e cinco dias encerrados em uma jaula até que lhe metem o focinho num buraco com gás.

— É estranho como tenhamos calado por tanto tempo o que pensávamos.

— Eu não me calei. Eu descobri e vim procurar você.

— Você não sabia antes?

— Não. A fidelidade não é o único valor da confiança. Mas você sim me procurou, não é verdade?

— Eu te encontrei.

— Mas você procurava informação.

— Eu queria saber como vocês pensavam.

— Para quê?

— Para saber como eu pensava.

— Você está louco.

— Não, estou numa armadilha.

Esta foi a última vez em que Landa e Verônica se falaram. Nunca mais voltaram a se ver.

O peleteiro acabou não acreditando em Verônica. Cada vez que um cliente de certa idade entrava na peleteria, ele suspeitava que fosse o marido dela que vinha procurá-lo.

Landa se lembrou da resposta de Verônica no meio daquela conversa que tiveram sobre a história do curso de mergulho, nos bons tempos, nos tempos do amor. Ele tinha feito a pergunta com a leveza e a licença para a confissão que trazem esses primeiros tempos do namoro:

— Você e seu marido se contam tudo?

— Meu marido e eu somos pessoas curiosas.

Depois do último encontro com Verônica na loja de discos alguma coisa tinha acontecido na cabeça do peleteiro, como se algo tivesse se quebrado. Para piorar, seu filho já tinha ido viver nos Estados Unidos. Os encontros com ele davam à sua vida uma rotina familiar que de uma hora para outra ele tinha perdido.

Já não encontrava consolo nas garotas da casa de massagens, nem na causa que parecia mantê-lo vivo: sua batalha contra o *Greenpeace*.

Se bem que nos últimos tempos experimentou certa tranquilidade, já tinha se acostumado com sua história com Verônica tão cheia de oscilações, mas o encontro na loja de discos e o fato de ela ter descoberto que ele era peleteiro causou-lhe um sentimento novo, desconhecido. Não era dor nem inquietação: era desamparo.

Um médico, cliente da peleteria, indicou-lhe que tomasse um psicofármaco que se ministrava de maneira sublingual. E lá ia Landa, com sua medicação a tiracolo. Assim, diante da menor suspeita de um sintoma que poderia ser resumido com a expressão: "Estou sem ar", o peleteiro tomava umas gotas e o alívio era quase instantâneo. Mas com a sensação de desamparo acontecia o mesmo que acontecia com o *Greenpeace*: sentia-se ameaçado, porque a qualquer momento o problema podia voltar.

"E se não passar nunca? E se eu tiver que conviver com isso para sempre?"

Até que um dia o dique estourou e já não conseguiu mais se conter. Landa chorava. Tinha escolhido um lugar estranho para fazer isso: a câmara frigorífica. Isolado do mundo, lá ninguém podia escutá-lo. Por outro lado, algo em sua mente permanecia distante, alheio, como se as lágrimas geladas, ao rolar por suas bochechas, fossem de outro. A prima do peleteiro estava de férias e não havia risco de que o escutasse. Então Landa entrava nesse clima e rodeado por suas peles, chorava de verdade. Sim, era preciso reconhecer, junto com Verônica tinha sido arrancado dele um pedaço de si mesmo. Nunca antes tinha sofrido semelhante sentimento. Então não era só dor, mas também saudade.

Muitas vezes Landa se perguntara em que consistia o encanto de Verônica. Se em sua beleza, ou porque no começo, quando ainda não tinham começado nenhum tipo de relação sentimental, ela lhe disse as palavras que ele sempre quis ouvir de uma mulher. Por isso, uma vez quebrado o encanto, ele só a acusava de ter se transformado em uma desconhecida.

De tempos em tempos retornava à cabeça de Landa um episódio que nunca tinha contado a ninguém.

Verônica era capaz de fazer essas coisas. Foi durante o primeiro encontro amoroso, em uma confeitaria de Núñez que ficava a umas poucas quadras de sua casa, logo depois de ela beijá-lo apaixonadamente. Ele se sentiu um pouco coagido e talvez envergonhado, não pela diferença de idade, mas pelo fato de que uma mulher o beijasse em público.

Então perguntou a ela se não temia que o marido os visse. "Não há porquê temer, eu o deixei trancado em casa. Estava dormindo e eu levei a única chave", respondeu.

Landa lembrou-se de ter repetido, com assombro, a palavra: "Trancado". Além do medo, da condenação moral que não existiu, deixava-o perplexo que ela o tivesse trancado.

Na verdade, durante esses meses agitados, Verônica também teve a chave de sua vida. Mas então, Landa não suspeitava que também ele ia ficar trancado. Isso só poderia acontecer com o outro. Não pensava nisso por alarde ou por orgulho masculino, mas porque estava apaixonado.

O peleteiro resumiu a cena: "Eu estou aqui, trancado na câmara frigorífica, e Verônica levou a chave. Estou aqui, me congelando para sempre".

Na semana posterior ao encontro com Verônica, o peleteiro desapareceu do mundo. Quando chegava em casa, mais de uma vez, depois do *delivery*, teve a ideia de enfiar a cabeça no forno da cozinha. Uma vez se abaixou, agachou no chão e abriu a porta do forno, mas não chegou a ligar o botão porque se viu no espelho da tampa do fogão. Viu-se de cuecas, camisa e gravata, uma imagem ridícula. Então disse: "Eu tenho que ser o dono da minha própria chave".

Tirou a cabeça do forno, levantou-se, olhou para os joelhos manchados de gordura e pensou: "Tenho que falar para a empregada limpar isso direito".

Esta frase devolveu-o à ordem cotidiana que tinha perdido.

Foi ao computador e respondeu a seu filho uma mensagem longamente adiada. Depois procurou na secretária eletrônica a voz de Osso e telefonou para ele. "Agora ele tem até celular", disse risonho.

VI

Landa parecia ter um mapa do inimigo na cabeça. Conhecia cada um dos movimentos da frota ecológica e tinha se transformado em uma espécie de *expert* em geopolítica.

Soube pelos jornais que o *Rainbow Warrior* tinha sofrido ataques dos barcos-fábricas. Quase bateram nele para assustar a tripulação.

Averiguou também que nos próximos dias passaria pela costa argentina o barco *Pacific Swan* transportando oitenta toneladas de lixo radioativo; além disso, integrantes do *Greenpeace* tinham feito uma manifestação na frente da embaixada da Inglaterra, com máscaras de caveiras brancas e sudários negros.

Como ele ficou sabendo disso? Muito simples: voltou a se infiltrar e também se vestiu com essa roupa em sinal de protesto. Tinha um cartaz pendurado no pescoço: "*Stop Plutônio Greenpeace*".

Outro cartaz ainda maior ordenava: "*Barco nuclear, fora da Argentina*".

Landa se sentia protegido atrás da caveira: não era ninguém e, ao mesmo tempo, sentia-se alguém.

Olhou-se num espelho com a boca aberta como quem emite um grito profundo. Viu sua própria caveira, seu próprio sudário e outras caveiras com bocas abertas. Queriam gritar, mas também respirar; queriam cantar um réquiem desesperado.

Tentou descobrir, sob os sudários, homens e mulheres. Tentou saber se debaixo de alguma roupa negra e caveira branca estava escondida Verônica.

Rompendo com os códigos impostos por questão de segurança, Osso apareceu na porta da peleteria. A necessidade de ver o peleteiro foi maior que o acordo estabelecido. Então decidiu passar pela loja.

O peleteiro estava de costas. Discutia com uma cliente sobre uma peça de roupa. A mulher reclamava enfezada e pedia para falar com o dono, e Landa respondeu que o dono não estava no momento.

Até que Landa virou-se e deu de cara com Osso. Imediatamente deixou a cliente nas mãos da prima e levou o amigo quase arrastado para fora da loja.

— Pensei que você fosse o dono.

— É para evitar problemas.

— Parece que não deu resultado.

O peleteiro ficou em silêncio. A princípio, se sentiu em pânico; mas logo, com a força que às vezes o desespero traz, recriminou Osso furiosamente pelo perigo ao qual estavam se expondo.

— Você não pode vir aqui, é perigoso — disse.

— Se for perigoso para mim, você não se importa — respondeu-lhe Osso.

— Não, não é isso, é preciso agir com cautela.

— Se você quiser, eu vou embora.

— Não, agora tudo bem.

— É que eu fiquei olhando a vitrine.

— O que você achou?

— Que custa muito trocar de pele.

— Me diga aqui uma coisa. O que você estava olhando?

— Como da outra vez, se tinha jaquetas de couro.

— Só pele. Já lhe disse, nunca trabalhei com couro.

— Eu gosto mais de couro.

— Você não queria uma jaqueta? Se você não se ofender, tenho uma jaqueta de couro que não uso mais. Está quase nova. Eu lhe dou de presente.

— Não acho que você tenha engordado tanto assim.

— Teve uma época em que eu era mais magro. Além disso, você pode reformá-la.

— Já li o cartaz.

— Eu estou lhe oferecendo uma coisa...
— De que cor é?
— Marrom.
— Não, estou procurando uma de couro preta.
— Me desculpe, mas tenho muita roupa que eu não uso mais.
— Não sei se gosto do que você usa.
— Pensando bem, acho que temos estilos diferentes.
— Você usa roupa de gente mais velha.
— Temos a mesma idade.
— Não é uma questão de idade.
— Olha, se você não gostar, pode tingir ou dar de presente.
— Fique tranquilo. Eu nunca uso uma roupa que eu não gosto.
— Nisso eu concordo com você.
— Você acha que temos físicos parecidos?

O peleteiro se afastou um instante de Osso como quem toma certa distância do outro para medi-lo com o olhar.

— Acho que bem parecidos, mas eu tenho que me cuidar por causa da diabetes. Estou com uns quilinhos a mais.

— Não é questão de medida.
— Do que você está falando?
— Das cores escuras. Eu gosto de preto, tive uma jaqueta que combinava com a cor da moto.

— Tenho roupa dessa cor.
— É outra coisa. Eu não queria lhe dizer. Mas é como se sua roupa tivesse algo negativo.

— Não é a roupa.
— Se você diz.
— Com as roupas da vitrine também?
— Não sei dizer. Disso eu não entendo.
— Tive que trocar os manequins.
— Por quê?
— Eram antigos. Não tinham cabeça. Só o tronco.
— Para mim isso são detalhes.
— Nesse ofício, esses detalhes são importantes.
— Em qualquer trabalho é assim.
— Sim, mas veja bem, o melhor é que as roupas estejam de frente. Para isso é preciso um sistema especial de fixação. De outra forma, só se vê o que está na frente.

— Nunca ia reparar nisso.

— Vamos ao café.

— Você passou muito tempo sem atender o telefone. Por isso decidi passar na peleteria. Tive medo de que alguma coisa tivesse acontecido com você.

— O que poderia ter me acontecido?

— Não sei. Foi um pressentimento.

— Alguma vez você pensou em se matar?

— Algumas vezes.

— Pensei em botar a cabeça dentro do forno.

— Eu, em me dar um tiro.

— Dizem que a pessoa sofre.

— Pior é para quem te encontra.

— Eu acho que é ruim para todo mundo.

— Landa, o que me preocupa é que você está mais desamparado que eu.

— Ninguém nunca me disse uma coisa dessas.

— Sempre que uma mulher abandona a gente, a gente pensa a mesma coisa. Aconteceu com Rosa Comte.

— Por que você fala o nome e o sobrenome dela?

— É o nome que consta no documento.

Quase *ex professo* Landa foi se afastando da peleteria à procura de um bar onde ninguém o conhecesse. Osso estava se sentindo meio arrastado, até que perdeu a paciência e disse: "Não sou ovelha para ser levado pelo cabresto". Finalmente encontraram um bar que Landa achou seguro.

— Landa, estive pensando na história do incêndio. Conheço um caso na costa. Um cara era dono de um boteco, *O Pelicano*. Teve a mesma ideia que você. Quis tocar fogo no bar para receber o dinheiro do seguro.

— E o que foi que aconteceu?

— No meio da história contaram para ele que a polícia faz conchavo com as seguradoras e pega pesado com o prejudicado.

— Não entendi.

— A polícia senta a porrada para arrancar a verdade. O cara se assustou. Achou que o melhor era estar no local do incêndio para enganar a polícia. Nunca ninguém entendeu direito o que aconteceu. O certo é que ele saiu tarde demais do boteco incendiado e foi queimado vivo.

O peleteiro se calou de novo. Mas desta vez não foi por Osso, foi por ele mesmo. O que acabara de escutar tinha lógica. Isso o fez falar diretamente com o amigo.

— Vou lhe contar um segredo.

— Não gosto muito que me contem segredos.

— Para resumir, faz meses que me infiltrei na organização.

— Para quê?

— Para saber como eles pensam.

— Mas para isso não é preciso se infiltrar. Pelo que você me contou, eu, em algumas coisas, concordo com eles.

— Que coisas?

— A princípio gosto mais dos animais que dos homens.

— Isso não justifica me impedirem de trabalhar. Agora as pessoas se preocupam muito mais quando matam bicho do que quando matam gente.

— Isso é verdade.

— Mas também é verdade que o planeta está a ponto de estourar. Toda essa história do lixo atômico.

— Você tem razão. Você mesmo pode dizer que mudou o clima. Eles lutam contra isso.

— Claro, mas eles são um símbolo, se eles ganharem, meu ofício desaparece. Um símbolo é algo importante na vida das pessoas. Move montanhas.

— Eu vejo muita coisa no rio. Toda essa merda atômica e de contaminação é verdade. Perto da costa não dá nem para respirar. É tudo instalação ilegal. Nada autorizado. A maior parte das coisas funciona clandestinamente. Eu te digo: com o que eu sei e com o que eu vi, podia fazer mais de uma denúncia.

— Quando me infiltrei terminei me apaixonando por uma simpatizante do *Greenpeace*.

— Você está perdido.

— Não me importa.

— Nesses casos nunca importa.

— Você contaria a Verônica?

— Por que você quer que eu conte a ela?

— Ela poderia fazer a denúncia.

— Landa, eu não entendo de que lado você está.

— Às vezes nem eu entendo. Quando ela soube que eu era peleteiro, me desprezou.

— Você quer limpar sua barra?

— Isto está além da Verônica, eu te peço discrição.

— Eu não conto nada para ninguém. No rio a gente nunca sabe quando vai aparecer morto.

Landa pensou que Osso estava exagerando no perigo para exagerar sua importância no assunto.

— Independentemente disso, gostaria que você a visse.

— Quando o cara se apaixona sempre quer que outro homem veja a mulher. Quando você fala dela sua cara muda.

— Já me falaram que minha cara irradiava uma coisa negativa.

— Landa, quando falo contigo, te juro, tenho a impressão de que não sei com quem estou falando. E olha que eu conheço todo tipo de gente. Algum dia você vai ter problemas com esta brincadeira.

— Não é brincadeira. Está em mim. Uma vez, para fazer *reiki*, pedi a Diana um horário por telefone, mas quando cheguei ela não estava me esperando. "Sou o Roberto", disse à outra garota que me atendeu. "Você tinha dito que Diana estava me esperando". Sabe o que ela me respondeu? "Acontece que eu lhe confundi. Ela está agora na sala com outro Roberto. Vocês chegaram quase juntos". E aí estava eu, separado por uma divisória do outro Roberto, sem poder dizer uma palavra.

— ...

— No dia em que eu decidir agir, se acabou a Verônica na minha cabeça — concluiu o peleteiro.

— Melhor assim, parece que você está a ponto de se converter.

— E por acaso não aconteceu com você de se converter, de virar evangélico, não aconteceu com o Gerardi, por que não poderia acontecer comigo?

Uns dias depois da visita de Osso à peleteria, Landa voltou a se encontrar com ele em frente à praça San Martín em um café chamado *Petit Paris*. Quando estava animado o peleteiro sempre ia lá. Sempre tinha achado aquele lugar bem qualificado.

Olhou as portas do edifício do Círculo Militar. Pareceram menos luxuosas que em outros tempos. Inclusive pensou na porta de sua própria peleteria.

"Agora eles alugam para festas. Como é que pode eles fazerem uma coisa dessas. Bom, faz tempo que os militares perderam a dignidade", resmungou, apenas mexendo os lábios.

Viu um grupo de manifestantes do *Greenpeace* aproximando-se da chancelaria. Protestavam contra a caça às baleias feita pelos barcos arpoadores japoneses: 440 baleias Minke para experimentos científicos, apesar de na verdade os fins serem comerciais.

Uma vez o *Greenpeace* já tinha mandado o quebra-gelos *Artic* para evitar a matança. Os tripulantes do quebra-gelos detectaram os barcos e eles mesmos se colocaram como "escudos humanos" entre os arpoadores e as baleias.

Landa tinha lido a notícia no jornal e se lembrou dela quase textualmente enquanto via os manifestantes avançando: "É preciso reconhecer que eles têm coragem. Não sei se tenho capacidade de enfrentá-los". O peleteiro, em sua cabeça, encenou a imagem "escudos humanos". Não tinha palavras para explicá-la. Começou a tremer, estava aterrorizado.

Quando Osso entrou no café, Landa se sentiu um pouco envergonhado, ao observar que a pinta do amigo destoava do ambiente. Encontrar-se com ele nesse café foi uma imprudência. Mas às vezes, necessitar de uma testemunha para uma obsessão inconfessável pode levar a atos insuspeitos.

Assim que Osso se sentou à mesa foi como se o peleteiro, olhando-o de mais perto, tivesse mudado de ideia, e pensou: "Afinal de contas, não é para tanto".

— O problema, como sempre, é a Patagônia — começou o peleteiro.

— É o que todo mundo diz.

— O assunto é a desertificação produzida pelas ovelhas.

— Seja mais claro.

— Logo a Patagônia vai se transformar em um deserto. A ovelha pasta até a raiz e então o capim não cresce mais. O *Greenpeace* fez essa denúncia.

— Então você teria que concordar.

— À medida que eu vou me informando, tem coisas com as quais eu concordo. Mas eu me sinto mal com as contradições.

— Você é como um computador.

— Estão também realizando incursões na foz do Deseado. Há dejetos provenientes das fábricas de conserva de peixe. É o pó preto.

— O que é isso?

— Uma nuvem negra e tóxica.

— Mas e você, em que isso te afeta?

— Esse é o ponto. No Canadá, o *Greenpeace* chegou até o mar gelado onde tem uma reserva de focas bebês. E pintaram a cabeça delas com aerossol para que a pele perdesse o valor. Você está percebendo? Essa gente é contra as peles.

— Sabia que os esquimós impermeabilizavam os caiaques para caçar, com pele de foca? Só que agora usam fio sintético para costurá-las na madeira. E trocam as peles todo ano.

— Como você sabe?

— Quem me contou foi o Gerardi, o engenheiro que viaja com a gente no barco.

— Às vezes acho que você inventa.

— Se o *Greenpeace* é uma seita, eu posso lhe ajudar, sei como funcionam.

— São poderosíssimos. O *Greenpeace* denunciou que no Brasil mataram dois membros da organização. Você não leu a matéria paga publicada no jornal?

— Quem matou?

— Os grandes monopólios, as empresas petrolíferas, as multinacionais.

— Se é assim, eu estou com os ecologistas.

— Eu não te entendo.

— Tem coisas que não passam com o tempo.

— Que coisas?

— Uma delas é a vingança. Eu um dia vou me vingar de Romero. Vou botá-lo na cadeia, mas pelo que ele fez com a minha família. Não me importa o tempo que passar...

— Quem é Romero?

— Eu te falei do pai de santo, mas não disse o nome. Um umbandista. Quando eu tiver mais confiança em você, te conto.

De repente, armou-se na praça uma instalação na frente da estátua de San Martín. Um grande rabo de baleia cor de sangue jazia em frente ao monumento. Era formada pelos corpos dos ecologistas deitados no chão e cobertos com panos vermelhos.

Os manifestantes seguravam cartazes com palavras de defesa ao Santuário Baleeiro Austral.

A palavra santuário sacudiu o peleteiro. Mas essa baleia vermelha pareceu-lhe saída da Bíblia: "Um engendro maligno do Antigo Testamento", disse de maneira apocalíptica enquanto acrescentava: "Aqui vai correr sangue".

— Graças ao DNA detectaram que a carne dessas baleias do santuário pode ser conseguida em muitos supermercados do Japão e da Coreia do Sul.

— Agora eles usam o DNA para tudo — respondeu Osso.

— Um bife de baleia vale até quarenta dólares.

— Tem que ser louco para comer carne de baleia.

— É um mercado que movimenta muito dinheiro. A frota japonesa começou com a caça. Três barcos. Dois arpoadores e um de vigilância.

— Então o quebra-gelos está bem equipado.

— Do barco mandaram um bote inflável e um helicóptero. Nesse momento os tripulantes do pesqueiro queriam transportar uma baleia morta do arpoador para o barco-fábrica. Então um ativista do *Greenpeace* se atirou sobre a parte posterior da baleia alvejada.

— E o que fizeram os japoneses?

— Do convés jogaram água nele com uma mangueira de pressão. E também o ergueram para o helicóptero. Mas finalmente a caça foi interrompida.

— Você fala dos ecologistas com admiração.

O peleteiro se calou.

— Entenda uma coisa, Osso, tem muitos interesses no meio. Eles mexem com dinheiro — voltou a insistir Landa, depois de alguns minutos em silêncio.

— Sei, os bônus verdes estão na bolsa de valores.

— Não sei que bônus são estes.

— Fiquei sabendo no rio. As empresas recebem por ano bônus verdes se colaborarem contra a poluição ambiental. Mas no final das contas esses bônus são negociáveis. No governo eles terminam dando os bônus para qualquer um.

— Agora que eu já confio em você, vou lhe dizer o que eu acho. Desisti de queimar a peleteria para receber o seguro.

— Fiquei sem trabalho.

— Nada disso. Porque agora eu vou é incendiar o barco do *Greenpeace*.

— Você está louco.

— Pensei, por que é que eu vou queimar a peleteria e não o barco?

— Por causa do seguro.

— Não é uma questão que se resolva com dinheiro.

— A gente não vai conseguir fazer isso sozinho.

— Osso, eu já lhe disse, não quero envolver mais gente. O brasileiro sim, porque ninguém conhece ele.

— Como é que você está pensando em fazer?

— Do mesmo jeito que eles fazem. Estudei cada movimento, eu sei a forma deles agirem.

— Mas é preciso apoio.

— É preciso dinheiro, e isso eu tenho. No barco, eles têm cinquenta botes infláveis. A gente só precisa de dois. Tenho tudo planejado. A primeira coisa que eles fazem é avistar o baleeiro, depois se aproximam e desembarcam dois botes, um vai para o baleeiro para abordá-lo com cartazes de protesto. O outro fica entre o barco pesqueiro e a presa.

— Eles sempre agem assim?

— Sempre.

— Landa, eu na água não entro nem com salva-vidas. Tenho paúra. Eu te espero com uma moto em terra e a gente queima o chão.

— Você está pensando em quem?

— Bocconi, por dinheiro, pode fazer isso. Além do mais, ele conhece gente do rio. Gente dos barcos e da prefeitura.

— Ele é de confiança?

— A melhor confiança é como ele cuida dele mesmo. Quanto tempo você disse que o barco vai ficar?

— Mais de um mês.

— Dá tempo de falar com o Bocconi.

— E o engenheiro?

— Ele não faria nada ilegal. Você vai entrar em ação ou vai ficar só no planejamento?

— Não, também quero agir.
— Bom saber.
— Já disse, não quero machucar ninguém. Apenas destruir um símbolo.
— É preciso escolher a noite.
— Da terra é impossível. É preciso fazer isso do rio. Agir como eles agem. Quando eu tiver o plano definitivo, te digo.

O peleteiro convidou Osso para ir à casa dele, que tinha se transformado em um pequeno *bunker*.

Foram a um quarto fechado com duas chaves. Nem os empregados tinham acesso a aquele lugar. Mas já muito próximos do acontecimento decisivo e pela relação que tinha se criado entre eles, o peleteiro decidiu que Osso já estava em condições de conhecer seu segredo.

— Como é que você conseguiu tirar esta foto?

— Com teleobjetiva. Há dois anos.

— E você já tinha esta ideia na cabeça.

— Às vezes a gente tem ideias que nem sabe que tem.

— Ocupa o quarto todo.

— É, Osso, também ocupa minha cabeça toda.

— O quebra-gelos é da mesma cor que a baleia.

— Verdade, também está pintado de vermelho.

— Mete medo.

— Parece que sai da água como uma baleia.

— O casco do quebra-gelos é como uma distribuidora, expande os pedaços de gelo para a lateral e para baixo. Então o barco consegue avançar.

— Se dá para levar o helicóptero a bordo deve ser uma máquina.

— Tem convés de voo e hangar para um helicóptero.

— Ele vem sempre à Argentina?

— A última vez foi há dois anos.

— Quantas pessoas?

— Dessa vez vinte e três tripulantes.

— Qual era o protesto?

— Vinham promover a energia eólica.

— Eu estou sacando que é um negócio, mas não sei qual.

— A energia que depende do vento.

— De noite é como um grande dado iluminado.

— É, espero que a gente consiga jogá-lo direito.

— Eu já te disse, eu não tenho sorte.

— Com as mulheres... Nessa viagem à Patagônia, tinha uma garota *McDonald's*.

— Se converteu.

— O porão que está ao lado da sala de máquinas é multiuso, durante as noites funciona como um *pub*.

— Então eles bebem.

— Durante o dia ele vira uma oficina de reparos e estacionamento do helicóptero. Adivinha como se chama?

— Como?

— Piu-piu.

— Como o desenho. Sempre em perigo, mas o gato nunca o caça.

— São voluntários.

— Sim, eles conquistam muita gente.

— A bordo, o operador de rádio é um *hacker* australiano.

— Entre eles, que língua falam?

— Inglês.

— Não sei inglês.

— Isso não importa.

— Não é bem assim, sempre é bom saber que língua fala quem está na sua frente. Nunca morre ninguém?

— Morre sim. Uma vez o Serviço Secreto Francês afundou um barco da frota. Era uma versão do *Rainbow Warrior* em um porto da Nova Zelândia.

— Como você sabe de tudo isso?

— Eu me informo.

— Se eles descobrirem a gente, vão querer nos matar.

— Matar não, mas podemos ir presos.

— Já falei, eu me mato antes.

— Sabe uma coisa do barco?

— Diga.

— Ele tem uma câmara frigorífica.

— Para quê?

— Abastecimento. Tenho vontade de entrar nesta câmara frigorífica. Ver o que sinto entrando em uma câmara onde não há peles.

— Frio.

— Tenho vontade de atacar em dois pontos. A sala de controle onde está o coração do barco.

— Faz um minuto você disse outra coisa.

— Aí está o calcanhar de Aquiles, porque a sala de controle é computadorizada.

— Você disse dois pontos estratégicos.

— O outro é a câmara.

— Se fosse navegando teria sentido, mas em terra não tem nenhuma importância.

— É importante para mim.

Os dois amigos se calaram, ensimesmados, cada um, pensando na ação que estavam planejando.

Desta vez o peleteiro voltou a cruzar a ponte e se encontrou com Osso em um boteco sinistro na frente da estação de Avellaneda. Para Landa o fato de cruzar a ponte e estar no território de Osso ao invés de causar-lhe temor, despertou nele, pelo contrário, um sentimento estranho como de quem dá um passo cruzando uma porta rumo ao desconhecido.

— Como você me disse que se chamava o brasileiro?
— Não te disse.
— Então...
— Agora ele se chama Joao.
— Como agora?
— Ele está sempre mudando de nome.
— De onde você o conhece?
— Do rio.
— Trabalha bem?
— Por trinta moedas ele te queima uma igreja.
— Não é uma questão religiosa.
— É um modo de dizer. Mas fique tranquilo, ele não deixa rastro. É como a louca, te queima até a terra.
— Eu nunca o vi. Você está entendendo?
— E nem vai ver.
— Nunca mencione a ele meu nome.
— Fique tranquilo.
— Onde eu te encontro?
— Em uma banca de flores. A cinco quadras do supermercado *Walkman*. A cinquenta metros do posto *Shell*. Não tem como errar.
— Agora você está morando lá?
— Pois é. Cansei da louca.
— Não é muito pequeno?
— Já te falei. Sou um homem invisível.
— Não fode — disse o peleteiro. Cada vez que Osso o provocava, ele endurecia. Diante do silêncio, insistiu.

— Nunca entendi por que você vive nesses lugares. Com o trabalho do rio você poderia pagar um aluguel...

— A louca e os filhos dela não entram na banca, é muito pequena.

— Se é pelo dinheiro...

— Na verdade, mudei para cá para não ser encontrado.

— Encontrado por quem?

— Pelo pai de santo.

— Como?

— Já te falei dele. Romero, o umbandista.

— O que você me falou ainda conta.

— Romero sempre conta.

— O lugar é muito pequeno.

— A gente entra e deita.

— Não entendi.

— Somos dois. Vivo com meu filho.

— Você me disse que tinha cinco.

— É, mas este é meu filho.

— E os outros?

— São da mãe.

— Da louca?

— Não, de Rosa Comte.

— Com outro homem?

— Não, comigo. Mas não são meus filhos. Por isso não fiquei com eles. Você não entende que tem filhos que são só da mãe?

— Eles moram com quem?

— Com uma irmã da mãe deles.

— Mas, por que você não vive em uma casa?

— A louca ficou com tudo.

— Não entendi.

— Se você nunca viveu com uma louca não vai conseguir entender mesmo.

— Não é um pouco pequeno?

— O problema da banca não é o espaço. São as flores. O cheiro. Com o tempo a gente se acostuma. O jasmim é o pior. Uma vez a gente foi parar no hospital meio intoxicado. O cachorro que dorme do lado de fora começou a arranhar a lata e a latir como se tivesse ficado louco. Um sexto sentido. A gente acabou dormindo, como drogados. Numa hora dessa não tinha quem chamar. Como agora, de noite, nenhum ônibus para. Amarrei meu filho em mim com uma corda e levei ele na motoca. Não sei como a gente chegou na policlínica.

Uma vez fiz uma entrega de empanadas. Deixaram a gente umas horas de plantão. Quando a gente saiu, tinham roubado a motoca. Armei uma beleza de escarcéu mas ninguém sabia de nada. Mas eu ainda vou encontrar. Motoca que passa, eu olho. Mas acima de tudo conheço o barulho do motor porque eu montei esta motoca peça por peça. Tudo roubado. Por isso não pude dar queixa.

O peleteiro não sabia o quanto acreditar nas histórias que Osso contava. Mas para ele, a história da memória e a das queimaduras faziam sentido. Depois de ter escutado sua prima falar sobre a energia negativa, acreditou que era possível que o Pai Romero estivesse lhe fazendo algum trabalho. O que acontece é que nesse tempo, Landa estava disposto a acreditar em qualquer coisa.

— Mas o trabalho do rio é tiro certo. É seguro.

— Nos fins de semana em que o tempo é bom.

— Você disse que Bocconi pode ajudar a gente com o barco.

— Eu não confio totalmente em Bocconi.

— E em quem é que você confia?

— Em você. Apesar de trocar de nome.

— Em mim?

— É, a gente está no mesmo barco.

Osso e o peleteiro passavam muitas horas do dia tratando do plano do quebra-gelos. É possível que no estado de ansiedade em que viviam não pudessem se separar. Não era medo de traição mas temor de que algum dos dois pudesse se arrepender.

Também por esses dias a questão ecológica dava o que falar. As manifestações do *Greenpeace* começavam a se transformar em assunto habitual em diferentes lugares da cidade: uma embaixada, alguma fábrica, algum lixão.

Nesse dia, os simpatizantes do *Greenpeace* tinham voltado a se reunir na Plaza de Mayo. Protestavam contra a contaminação de umas fábricas que estavam sendo instaladas clandestinamente em algum lugar da costa atlântica.

Osso não tinha a intenção de se unir ao grupo de protesto. Finalmente, depois de uma longa conversa, o peleteiro conseguiu convencê-lo.

Quando se aproximaram viram que todos os manifestantes, em sinal de protesto, tinham colocado no nariz um broche de roupa. O peleteiro disse:

— Alguns são azuis e outros brancos.

— É. Não percebeu que eles formam as cores da bandeira?

— Não aguento tanta gente junta.

— Por quê?

— Tenho medo de perder o ar.

— Então é melhor a gente ir.

— Sou insulinodependente.

— Não entendi.

— As insulinas inaláveis são de ação rápida, mais rápidas que as injeções.

— Não sou médico.

— Está certo. Acontece que um doente como eu, com o tempo, se transforma em médico. Não posso usar aerossol. A insulina regula a glicemia.

— Então...

— O problema eram as agulhas. Agora existe uma espécie de lapiseiras com laser. É só a picada.

— Eu prefiro qualquer coisa que não seja injeção.

— O aerossol me dá uma tosse insuportável.

— O que você faz quando se sente mal?

— Eu me injeto.

— Quanto tempo demora para fazer efeito?

— Vinte minutos. Dizem que com aerossol baixa para quinze.

— Nesses casos cinco minutos é bastante tempo.

— É, eu sempre acho que eu estou morrendo.

— Como é que faz para se tratar?

— A dieta é importante para o sobrepeso.

— Você faz?

— Muito *delivery*.

— Tente outra coisa, ué.

— Às vezes peço um menu especial numa loja especializada em comida para diabéticos.

— Eu, a única coisa que sei é que vocês não podem comer doce.

— Acho que foi por isso que me separei.

— Não entendi.

— Minha ex-mulher vigiava cada coisa que eu comia.

— Ninguém pode com as mulheres. Mas sem elas, como é que faz para trepar?

— O mesmo que com a comida, *delivery*.

— Eu não posso ficar sozinho. Deve ser por isso que eu sempre acabo com uma louca.

Os manifestantes não passavam de cem pessoas. Muitos jovens e muitos velhos, como se não existisse gente de idade intermediária. Vestidos com camisetas do *Greenpeace*, os velhos não se distinguiam dos jovens.

— Sabe, acho que Verônica estava entre os manifestantes.
— Você deve ter confundido.
— Não, tenho certeza, era ela.
— Devia estar linda com um broche no nariz!
— Não fode, Osso, não fode. Teve curiosidade de conhecer a Verônica?
— Na verdade, não.

VII

Apesar de a embarcação estar iluminada, à medida que se aproximava do porto parecia se tranformar em uma sombra. Logo, quando o quebra-gelos terminou de atracar, realizou a manobra tão sigilosamente e em meio a um silêncio tão absoluto, que realmente dava a impressão de estar sendo tripulado por fantasmas.

A sombra ganhou volume, ancorou entre as demais embarcações e com sua presença alterou a paisagem marítima instalada na doca. O *Artic* era uma presença inquietante e desconhecida.

Landa e Osso esperaram o barco por várias horas. Quando o quebra-gelos surgiu no horizonte, o rosto do peleteiro, apesar da luz difusa, se transformou. Em sua expressão havia expectativa, e também temor.

— É grande — murmurou, como se temesse que alguém do barco pudesse escutá-lo.

Os dois estavam escondidos atrás de uns contêineres em que, em grandes letras negras, estava escrito o destino: Puerto Montt.

— Na foto parecia maior — replicou Osso. Sempre, desde que se conheciam, suas conversas, mais que um diálogo, pareciam partidas de ping-pong.

— As fotos sempre enganam — devolveu o peleteiro.

— Ainda mais as pornôs — disse Osso, rindo, sabendo que sua resposta incomodaria Landa.

Entretanto, não foi assim. Landa sequer se deu ao trabalho de responder. Estava como que hipnotizado seguindo os movimentos do barco que, de repente, ficou imóvel.

— A esta hora, não permitem nenhum barco atracar — disse com extrema seriedade.

— Será que dá para visitar? — perguntou Osso, que queria se mostrar disposto a colaborar.

— Nos fins de semana.

— Vamos vir?

— É preciso conhecer o terreno onde a gente vai se mover. Além do Riachuelo, você já embarcou alguma vez?

— Já, mais de uma. A primeira em um areeiro que fazia o trajeto Rosario — Buenos Aires. Não chegava nunca. Tinha vento e apesar das lonas, a gente acabou com a cara cheia de areia. O barco vai ficar muito tempo?

— Já disse, pelo que entendi, pelo menos um mês.

— Para que vamos subir?

— Quero ver se tem alguém conhecido.

— Verônica.

O peleteiro, com seu silêncio, deu razão a ele.

— Não consigo entender por que é que você vai fazer isso.

— Por uma questão de princípios.

— Outro dia na televisão falavam de princípios.

— O que diziam?

— O de sempre.

— O que é o de sempre?

— O de sempre.

Landa compreendeu que era inútil insistir. Olhou-o com a impotência de quem necessita irremediavelmente de alguém obcecado, mas ao mesmo tempo imprescindível.

Os dois homens foram percorrendo um labirinto de contêineres que os conduzia através de países exóticos, países de difícil acesso, inesquecíveis a partir da estranheza de seus nomes de origem.

Landa, já longe da sombra nefasta do barco, tinha recuperado a loquacidade e até a alegria. Parecia outro homem. Pronunciou com seu amigo os nomes desses países longínquos, zombando e rindo como se tivessem recuperado uma juventude distante da idade que tinham.

Osso era só uns meses mais jovem que o peleteiro, porém a vida tinha lhe marcado o rosto. Entretanto, a cor trigueira de sua pele disfarçava as marcas. Landa acabava de passar dos cinquenta e a vida tinha tratado melhor dele. Estranhamente envelhecido de repente, seu espírito não chegava a se acomodar à imagem que lhe devolvia sua cara no espelho.

— O que tem nesse prédio iluminado?

— Era da Ítalo. Parece que está perto, mas está longe. As luzes sempre enganam.

— Meu avô trabalhou na Ítalo — disse Osso com orgulho.

— Você conhecia o prédio?

— Não conheci meu avô.

— Te contaram?
— Quando nasci ele já tinha morrido.
— Naquele época era importante trabalhar num lugar assim.
— Sim, toda família dizia: "O avô trabalhou na Ítalo".
— O que ele fazia?
— Acho que ele trabalhava na rua instalando medidores.
— Hoje seria um trabalho perigoso.
— No assentamento ninguém entra para cortar a luz. Me diz uma coisa, Landa, você conhece alguém lá dentro?
— No porto?
— É.
— Faz anos tive um trato com um capitão. Ele vinha sempre à loja para comprar uma pele para a mulher dele. Estava apaixonado. Sempre ficava me devendo dinheiro.
— É sempre bom conhecer alguém lá dentro. Eu vou ter que voltar?
— Olha, Osso, tem coisas que eu prefiro fazer sozinho. Depois da visita do fim de semana você fica liberado até eu te avisar.
— Você pode me dar uma foto da Verônica?
— Para que você precisa da foto?
— Para ver se ela está a bordo.
— Você, sem ordens minhas, não pode subir no barco.
— Landa, eu estou contigo, mas nem pense em me dar ordens.
— Fique tranquilo. Eu não sou o Romero.
— E nem pense em repetir esta piada.
— Me desculpe. Estava brincando.
Os dois ficaram surpresos. Sem se dar conta, na medida em que passava o tempo, um ia tomando as coisas do outro. Cada conversa que tinham operava a serviço dessa transformação.

A doca e o barco ficaram para trás. O que tinha sido sombra, à medida que clareava, transformava-se em um vulto concreto que avançava sobre suas costas. Landa demorou uns segundos mais para voltar e retomar o caminho, como se de repente algo fatídico tivesse sido revelado. Osso, ao contrário, virara a cabeça uns instantes antes, mostrando ao peleteiro com um golpe de vista que ele era assim: uma pessoa que resolvia os assuntos com agilidade. Para Landa e Osso, afundar o barco significava coisas bem diferentes.
— Me diga uma coisa, Landa, de onde vem o barco?

— Você está sempre me perguntando isso.

— É para eu me localizar.

— Vem de Punta Arenas.

— Sei que ele vai ficar dezembro inteiro, vamos montar nossa arvorezinha.

Ao sair do porto apertaram-se as mãos com um entusiasmo exagerado que respondia à necessidade instintiva de reafirmar com esse cumprimento o pacto que tinham apalavrado. Despediram-se caminhando, cada um na direção oposta à do outro.

Mas repentinamente, Osso voltou-se sobre seus passos e disse:

— Depois de tudo o que você me contou, ainda não consigo entender por que você quer fazer isso.

Landa levou um instante para responder. A pergunta supreendeu-o:

— Não contei tudo. Mas da mesma forma não saberia o que lhe dizer.

E voltaram a se despedir. Desta vez com um gesto à distância. Um cumprimento feito com lentidão e que denunciava o estado inercial que retardava a partida. Não é que não quisessem se separar, não queriam era ficar sozinhos.

Para estes dois homens, mesmo que não da mesma forma, o mundo tinha se tornado estranho. Tanto para Landa quanto para Osso, uma mulher tinha lhes transformado a vida. Transformado para pior.

Para o peleteiro foi um processo. A separação de um casamento de muitos anos e a decadência econômica que o fizeram perder as amizades que frequentava. De repente, sentiu que as portas estavam se fechando para ele e que o mundo estava se tornando hostil. Para piorar, a história com a jovenzinha terminou rapidamente e Landa se sentiu desguarnecido e traidor de si mesmo. O peleteiro tinha se apaixonado por Verônica Biagi e nem sabia se o nome dela era realmente esse ou se era o nome de militante do *Greenpeace*.

A história de Osso era com Rosa Comte, uma mulher que também podia ter outro nome, diferente do que usava hoje, porque era possível que na seita da umbanda o tivessem trocado. Nome que Osso nem chegou a conhecer e que talvez nunca conheceria.

Nessa mesma noite o peleteiro voltou ao porto, mas sem Osso. Voltou sozinho, precisava se certificar de que o barco continuava atracado na doca. O *Artic* permanecia imóvel. Foi vê-lo como quem, obcecado com a ideia de que a mulher o engana com outro homem, persegue-a, e descobre com certa satisfação que estava enganado, mas mantém a desconfiança diante da possibilidade de que da próxima vez suas suspeitas possam ser confirmadas. Tudo era uma questão de tempo e de oportunidade para se esquivar da agonia, para prolongá-la um pouco mais.

Então, falando ao barco, o peleteiro disse em voz alta: "Logo você vai partir. Se eu não me apressar, logo você vai partir".

Osso considerou que não era boa ideia ir sozinho conseguir os botes infláveis. Queria que Landa o acompanhasse por uma questão de seriedade e para que as pessoas cumprissem os prazos de entrega ao ver que tinha respaldo de dinheiro.

"Para esta gente não basta dizer: eu sou o Osso".

Foram a um lugar onde havia restos de barcos e também de tudo um pouco. Pedaços de lanchas, botes, remos, motores fora de borda e todo tipo de sucata. Parecia um campo de batalha abandonado. Tinha até um helicóptero. E um caminhão blindado.

— E a guerra, quanto tempo faz que terminou? — Landa perguntou ironicamente a Osso, que devolveu a ele discretamente um sinal para se calar, cruzando um dedo sobre os lábios. E Landa entendeu, porque calou a boca.

Dois homens os receberam. Pela idade, pelos traços do rosto, pareciam pai e filho. E de fato eram. O pai falava e o filho assentia com a cabeça em sinal de aprovação; ou a movia para um dos lados quando não concordava.

— Viemos por causa dos dois botes.

— Dois?

— É. Têm que estar limpos.

— Tenho dois que foram apreendidos.

— São seguros?

— Comprei da polícia.

— Como foi?

— Os familiares não os retiraram nunca. Gente que se afogou no Tigre.

— Não. Esses barcos podem dar azar — interveio o peleteiro.

Com esta intervenção brusca e irrefreável, Landa interrompeu a conversa que Osso vinha mantendo com o pai.

— Para quando vocês precisam dos botes?

Fez-se um silêncio porque parecia que Landa ia dizer algo. Mas calou-se a tempo. E Osso pôde responder:

— Para a semana que vem.

— Em dez dias.

— Está bem, voltamos em dez dias.

— Não falamos do dinheiro.

— Dinheiro não é problema. A questão é eles flutuarem.

— Com dinheiro vão poder atravessar até o Uruguai.

Despediram-se. O gesto do filho assentindo com a cabeça garantia a qualidade dos botes.

— Está tranquilo? É gente séria.

— Nem sei como se chamam.

— Que importa isso, Landa. Dê o nome que quiser. Aqui todos se chamam por um apelido.

— Eu não tenho apelido.

— Não há ninguém que alguma vez não tenha tido um. Por acaso para você eu não sou o Osso?

— É.

— E te interessa meu sobrenome?

— Não.

— Então...

— Então, nada...

— Você, para as meninas, como você diz que se chama?

— Roberto.

— Você podia ter escolhido um nome mais moderno.

Quando Osso decidiu que Landa e Bocconi tinham que conversar, programou uma viagem de barco pelo Riachuelo. Então os passageiros eram quatro: os três de sempre — Osso, Bocconi, o engenheiro Gerardi —, aos quais somou-se o peleteiro.

Na verdade, Bocconi e Osso levavam o peleteiro pelo rio sem que o engenheiro soubesse ao certo os motivos da viagem.

Nessa manhã havia mergulhadores no rio. Fazia um mês que estavam trabalhando para resgatar os barcos afundados no Riachuelo.

Várias pessoas tinham se amontoado às margens para ver o trabalho dos mergulhadores. Tinham essa curiosidade que vem da suspeita de que alguma coisa ia acabar acontecendo, alguma vez, no lugar onde costumeiramente não acontece nada.

Um barulho estranho, fruto das bombas instaladas nos porões e salas de máquinas que punham os motores em movimento, chegava do fundo da água. Como se o barulho, mais que mecânico, fosse uma espécie de grito entre alegre e doloroso de alguém que se levanta depois de um longo tempo. Finalmente a chata de carga emergiu da água e do tempo com sua popa absolutamente arruinada. O nome do barco, que tinha permanecido o mesmo, evocava risonhamente o contrário: *El progreso*.

— Tem cor de dente cariado — disse o engenheiro, que gostava de descrições precisas das coisas e achava que aquela que acabava de fazer realmente era uma dessas.

— O que estão fazendo? — perguntou o peleteiro como se não estivesse vendo a mesma coisa que viam os demais. Landa, quando se tratava de algo alheio a ele, rapidamente se protegia detrás de uma ignorância suspeita.

— Sucata — respondeu-lhe Osso de maneira lacônica.

— Este ano vão resgatar dez barcos. O próximo se chama *La Lucía* — disse Bocconi, que achava que ser o possuidor de um dado novo dava-lhe certo poder sobre os demais.

— Sempre gostei desse nome, se eu tivesse uma filha, ela se chamaria assim — respondeu o engenheiro.

— Muitas vezes os barcos têm nome de mulher — acrescentou Osso.

— O rio tem uns sessenta barcos semiafundados — prosseguiu Bocconi.

— Com certeza vão a leilão como sucata — respondeu Gerardi.

— Então vão ter que leiloar tudo — disse Osso ironicamente.

— Estão abandonados desde os anos noventa — continuou Bocconi acrescentando dados.

— Quando o barco afunda as ratazanas fogem — sentenciou Osso, que de tanto em tanto preferia falar usando ditos.

— Eu não gosto dos mergulhadores — disse o peleteiro.

— Você é estranho — respondeu-lhe Osso, olhando-o nos olhos, como se os dois estivessem sozinhos. Osso tinha o costume de falar com uma pessoa de cada vez quando havia várias presentes, o que criava certo incômodo entre os demais. Incluída aí a pessoa com quem ele estava falando.

— Não te contei a história do mergulhador ou você já se esqueceu — continuou o peleteiro com certo tom de reprovação, em voz baixa, para que os demais não escutassem. Mesmo que de imediato tenha entendido que tinha falado demais porque nunca tinha contado essa história a Osso.

— Eu não acho estranho. E nem gosto de andar debaixo d'água — disse Bocconi como se tomasse partido de alguém, apesar de sempre falar de si mesmo.

— Agora se usam roupas mais modernas, menos pesadas. Vocês se lembram daquelas roupas com escafandro e o visor de vidro que te separava da água? — precisou o engenheiro.

— Eu vi nos filmes. Me aterrorizavam. Sempre tinha alguém a ponto de cortar o tubo por onde o ar passava. De repente alguém cortava e eles ficavam submersos à deriva no fundo do mar, como se fossem astronautas — comentou Osso, que de repente tinha ficado sério e mudado o tom de voz. Já não era o mesmo e respirava com dificuldade, talvez sacudido pela lembrança de um pesadelo.

— Os Soroya estão no negócio do deságue — informou Bocconi. Seu tom confirmava que estava dando uma informação perigosa, não só para ele mesmo, como para os demais.

— A promessa do rio navegável — riu-se Osso, já recuperado.

— Mas desta vez há projetos sérios — disse Gerardi enfaticamente.

— Nota-se que você é novo na prefeitura — respondeu Osso.

— Ele é técnico — acrescentou Bocconi e olhou para Osso procurando sua cumplicidade.

— Osso tem razão, deve ser difícil ficar tanto tempo submerso — sustentou de imediato o peleteiro.

— Nesa vida, a gente se acostuma com tudo — replicou Bocconi.

— Esse é o problema — disse o engenheiro.

— A questão não é o costume, mas o ofício. Se você trabalhou a vida toda nisso, como é que pode mudar de trabalho? E ainda mais a partir de certa idade — insistiu o peleteiro com certa impaciência, como quem não terminou de desenvolver uma ideia e é interrompido pelos demais.

— É mais fácil eu morrer de fome, mas prefiro respirar — disse Osso de modo conclusivo. Assim, querendo terminar a conversa, ou dando a entender que pelo menos para ele a conversa tinha terminado, afastou-se do grupo e deu as costas ao lugar onde trabalhavam os mergulhadores. E só foi entendido quando disse: "O que é que estes aí sabem sobre o que é estar afogado?"

O *Artic Sunrise* era um renegado entre seus pares. Fosse como fosse — e fiel a seu estatuto de traidor —, tinha atracado ali, perto de Puerto Madero. Era um quebra-gelos construído na Holanda, de quase cinquenta toneladas. Foi o primeiro quebra-gelos que documentou o derretimento das geleiras antárticas, na Ilha Ross, em 1997. Estava dotado de muitas sofisticações; na verdade, parecia mais um laboratório que um barco.

Para recepcioná-lo, os militantes do *Greenpeace*, disfarçados de boias humanas, tinham se posicionado em fila de frente para a costa, reivindicando uma política ambiental.

"Política ambiental", repetiu Osso quando um dos manifestantes disfarçados aproximou-se para entregar a ele um folheto. Osso leu e retribuiu o sorriso, fingindo interesse. A decisão de que alguém vestido de boia facilitasse as coisas para ele surgiu nesse momento e não foi premeditada. Pelo contrário, quando o homem-boia aceitou, um pouco a contragosto, que ele visitasse o *Artic Sunrise* com a única condição de que o acompanhasse, Osso se sentiu decepcionado consigo mesmo. Um clandestino se fazer passar por turista era tão patético quanto um homem cuja causa o obriga a se transformar em boia.

Pouco menos de duas horas antes tinha terminado um show de música popular, organizado em defesa da "política ambiental". A popa do barco tinha servido como palco flutuante, enquanto que para o público tinha sido oferecido, por assim dizer, o elemento terra, essa faixa de cimento que separava os restaurantes mais caros de Buenos Aires das eclusas do rio.

O *show* terminou com o público cantando em coro um refrão que apesar de desagradar Osso, não lhe era desconhecido: "*Estou vencido porque o mundo me fez assim / Não posso mudar*". A gravação desse final ainda soava nos auto-falantes, mas o refrão que agora repetiam no palco às escuras ameaçava adquirir um sentido patético, como se pela primeira vez se revelasse seu justo sentido.

O *Artic Sunrise* era uma confusão de técnicos e assistentes que desmontavam aparelhos de som, auto-falantes, cabos e instrumentos no meio de uma semiescuridão ameaçadora para os próprios militantes da organização. Osso conseguiu ver alguns "elementos poluentes" que flutuavam no rio. O curioso é que estes elementos eram em sua maioria os próprios folhetos do *Greenpeace*. "Coisas que acontecem nas melhores famílias", pensou Osso logo antes do homem-boia mostrar a ele uma das rampas que dava acesso ao barco.

Osso pôs um pé na rampa, que pareceu se curvar ante a pressão. Firmou os pés na passarela, com ambas as mãos agarradas nos cabos. Depois deu dois passos e, como se fosse um artifício teatral, o barulho dos auto-falantes que o acompanhara até ali foi cedendo lugar ao chapinhar da água que batia no casco.

Osso jamais estivera antes num quebra-gelos e, apesar de ter navegado em outros barcos, nada do que tinha diante dos olhos lhe era familiar, salvo as balaustradas do convés, que lembravam um filme em que Gardel cantava ao lado de uma moça loira que não tirava os olhos de cima dele. No filme, a cena também se passava à noite, mas agora ele tinha que se mover com cuidado e, em todo caso, ruminar alguma estrofe do tango que agora lhe vinha à cabeça.

Na frente dele, o homem-boia indicava o par de botes encaixados em uma das laterais do barco, enquanto falava de um salvamento de baleias e das fábricas das Ilhas Orcadas. "São uns assassinos", tinha dito. "Bonito nome, Orcadas", respondeu Osso.

Os olhos de Osso já tinham se acostumado à escuridão. De fato, apareciam diante dele coisas desconhecidas por ele até então, mas sobretudo, uma espécie de ameia que se desprendia do que parecia ser um espaço habitável do *Artic*: um gabinete no alto, dotado de uma fileira de janelas, parecido com a torre de transmissão de um hipódromo. Em cima desse gabinete erguia-se uma torre terminada em um habitáculo, que não só quebrava a simetria geral do convés como também parecia exposto à destruição: o habitáculo estava mal encaixado sobre seu pedestal; mais ainda, a primeira coisa que veio à cabeça de Osso foi um braço a ponto de atirar uma granada sobre o inimigo.

Sobre o casco tinham aberto alguns buracos, talvez outras cabines, onde antes, segundo dizia o improvisado guia, pescavam as focas. Na proa, a estampa de uma ave em pleno voo deixava um rastro multicolorido, algo assim como um arco-íris ou uma propaganda de tintas e, no meio do convés, erguia-se outra torre solitária, magra e deprimente, cuja copa era acessível graças a uma série de degraus colocados de cada lado.

"A torre de controle", informou o homem-boia. Osso olhou para trás, por cima da borda, as luzes de Puerto Madero, o brilho dos restaurantes. O odor acre do rio se misturava a cada golpe de brisa. De costas para a cidade, Osso resmungou para si mesmo: "Não ia acompanhar o peleteiro sem ver antes com meus próprios olhos".

A improvisada visita ao *Artic Sunrise* continuava por uma escadaria que dava à cabine de comando, sobre a qual estava fixada uma torre meio solta e dois radares brancos cujas dobradiças rangiam, sacudidas pelo vento. De ambos os lados da cabine flutuavam no ar dois botes rígidos, presos por correntes nas laterais do barco. "Aqui não pode", disse a boia-humana indicando o interior da cabine; mas Osso tinha os olhos fixos em um dos botes salva-vidas. Se o *Artic Sunrise* fosse dinamitado em alto-mar, seguramente alguém teria que remar até a costa nesse barquinho e dar ao mundo seu testemunho do atentado.

A foto do delinquente logo sairia nos jornais. Lembrou-se de que por muito menos, uma simples investida, um baleeiro japonês tinha sido condenado e proibido de continuar navegando. Imaginou então, quando o homem-boia mostrou o ponto exato onde o *Toynbe*e tinha produzido a avaria no *Artic*, os marinheiros japoneses em plena abordagem, com as facas entre os dentes e as mãos sujas de sangue e gordura; e, do outro lado, no convés do quebra-gelos, os gestos horrorizados da tripulação.

"Isso foi pelas baleias", dizia enquanto isso o homem-boia, mostrando uma cicatriz em seu antebraço como troféu da investida. Osso afastou novamente a vista. Assim como o peleteiro, os marinheiros do *Toynbee* também rondariam os cais sem trabalho e sem profissão, a se perguntarem por que teria sobrado para eles recorrer a este bando de imbecis.

"Nunca vi baleias no Riachuelo", respondeu Osso, porque o cheiro de diesel e de querosene que vinham da noite o fazia se lembrar dos passeios com Bocconi, e os amarradouros da Ilha Maciel, e filas de mulheres com um menino de guarda-pó de cada lado, sobre as margens da costa, esperando o barco atracar sobre o degrau de madeira.

Da balaustrada do barco Osso olhou para o rio. Na escuridão, outros homens-boia se afastavam do quebra-gelos. Então deu a volta e disse a seus acompanhantes: "É como se o rio tivesse se enchido de moscas".

"Somos muito perseverantes. Por isso sempre terminamos vencendo. Nunca abandonamos a presa", respondeu-lhe o homem-boia.

Osso se perguntou se o peleteiro conhecia a capacidade do inimigo. A resposta que se deu foi suficiente para acalmá-lo: "A diferença é que o peleteiro está mais louco que eles".

Dez dias depois foram buscar os botes. Desta vez não fizeram a viagem por terra, mas por água, no barco da prefeitura.

Aproveitaram que Gerardi tinha faltado, alegando doença. Assim não descobriria nada do que estava acontecendo.

Bocconi ancorou e jogaram os botes infláveis na água. Ele mesmo pilotava e ensinava os procedimentos mais rudimentares para Landa, que tinha a seu favor duas vantagens: durante a juventude tinha praticado remo e costumava ir remar no Tigre; além disso, nadava muito bem.

Não tinha como fazer Osso subir no bote. Finalmente, o convenceram. Primeiro, puseram nele um salva-vidas alaranjado que estava na lancha e depois começaram a assustá-lo dizendo que aquilo não funcionava. Osso ficou duro, agarrado a uma corda, no bote que Landa estava pilotando. Tinha mais confiança no peleteiro que em Bocconi.

Houve, logo, uma espécie de batismo, de sinal de confiança, à maneira de um pacto selado entre os três: Osso se jogou na água.

"Estou boiando", disse, entre surpreso e feliz, quase como um garoto. É que nunca antes tinha conseguido boiar.

Nesse momento pareciam três adolescentes. Tinham se esquecido de tudo, talvez porque não tivessem muita consciência do assunto em que estavam se metendo ou acreditassem que o momento nunca iria chegar, fosse porque o barco anteciparia sua partida, ou porque não conseguiriam o apoio necessário, ou porque o brasileiro iria pular fora, ou porque Osso ia se esquecer, ou porque Landa, finalmente, iria se arrepender.

Não passou pela cabeça de ninguém a ideia de que da próxima vez que estivessem nesse bote seria na escuridão. O bote carregado de bombas incendiárias e eles procurando se esconder da capitania e pedindo aos céus que houvesse névoa.

Até tiraram uma foto com uma câmara digital que Osso tinha trocado por uma serra. Tiraram uma foto atrás da outra e se olharam no visor.

Finalmente amarraram os dois botes na lancha e os levaram a reboque. Landa, levado por um entusiasmo repentino, pôde dizer: "Que bom, formamos uma equipe".

Osso lhe respondeu:
— Sabe o que é bom?
— O quê?
— O bom é estarmos vivos.

Dois dias depois desse encontro no rio, Bocconi decidiu visitar Osso, que o tempo todo vivia entre o assentamento e a banca de flores.

Bocconi tentou evitar o quarto de Osso mas não conseguiu. O acúmulo de objetos tão diferentes deixavam o lugar irrespirável. Não é que o quarto estivesse bagunçado, exatamente o contrário: só com uma ordem obsessiva é que tantas coisas podiam caber em um espaço tão pequeno. Havia desde um tatu pregado na parede até um gatinho chinês que levantava a pata sem parar.

— Voce não sabe o que ele gasta de pilha — disse-lhe Osso.

Como Bocconi ficou em silêncio, Osso acrescentou:

— Dizem que dá sorte.

— Era disso que eu queria lhe falar — respondeu Bocconi como que para iniciar uma conversa.

Caminharam atrás do assentamento uns trezentos metros. Diante deles brilhava uma montanha de aço. Era um cemitério de automóveis.

— Troquei um cemitério por outro — disse Osso.
— Para que você me trouxe até aqui?
— Um amigo me pediu para cuidar dele por uns dias.
— Tem de tudo.
— Se precisar de uma peça de reposição, já sabe.
— Vim por outra coisa.
— Por que não me falou na quinta?
— Porque o peleteiro estava junto.
— Vamos trabalhar juntos...
— Eu vim para falar com você.
— Pode falar.
— É verdade que você vai com ele?
— Pelo que entendi com você também.
— É, mas com algumas condições.
— Sem problemas.
— O que acontece é que eu quero saber o que você acha.
— Ele está desesperado.
— Isso dá para perceber.

— É um bom sujeito.

— Só que muda de nome e de profissão.

— Quando se sente encurralado.

— Ele está se escondendo o tempo todo.

— Se o que lhe preocupa é o dinheiro, ele é o primeiro interessado em pagar.

— Não é pelo dinheiro.

— Então?

— É pela vida. Não quero correr riscos.

— Eu vou esperar por ele na moto. Mas se acontecer alguma coisa, ele fica no rio.

— Vejo você metido demais nisso.

— Eu espero na costa o tempo que combinamos. Se ele não estiver, fica no rio.

— Ele acha que você vai esperar o tempo necessário.

— Como você disse, o necessário.

— Isso eu espero.

— Já falei.

— Mas você sabe que se pegarem o peleteiro na água, ou ele vai preso ou se afoga.

— É a vida dele, não a minha.

— Pode ser que tenha lanchas da capitania dos portos, patrulhando.

— Olha, Bocconi, eu já tenho as coisas claras. Está tudo bem, mas cada um cuida do próprio cu.

— Eu desconfio de um cara desesperado e com medo.

— Eu já entrei no quebra-gelos.

— Você contou para ele?

— Claro que não. Se a coisa der errado, deixamos ele no meio do rio.

— E com Joao?

— Com ele combinei à parte.

— Você não me disse nada.

— Você não me perguntou.

Depois da conversa com Bocconi, Osso marcou com o peleteiro para acertarem os últimos detalhes. Ainda não tinham decidido o dia, mas Osso preferia esperar. Primeiro porque soube que o brasileiro estava metido em outra coisa, fora de Buenos Aires; segundo porque depois de falar com Bocconi compreendeu que ele tinha razão: o trabalho implicava mais riscos do que pensaram num primeiro momento. Também considerou a possibilidade de que, na última hora, o peleteiro desistisse do assunto, como aconteceu quando ele planejava incendiar a peleteria.

O perigo que teria que enfrentar o levou a se recolocar o problema de que tinha uma viagem pendente na vida: voltar para Victoria, onde tinha começado a catástrofe, apesar de que — ele mesmo se corrigiu — o drama tivesse começado em Diamante, quando se cruzou em sua vida o Pai Romero.

Osso sentia que devia uma explicação ao filho. Era o único que tinha decidido acompanhá-lo e não ficar com a mãe; e, portanto, nem com o Pai Romero. Osso queria saber o que tinha acontecido e a única forma de saber, pensava, era regressando a Victoria.

Além do mais, Osso tinha outro motivo, um acordo feito com Bocconi. Era melhor que o peleteiro e ele desaparecessem de Buenos Aires por uns dias e chegassem em cima da hora, praticamente no momento de dar o golpe.

— Faz tempo que eu quero voltar a Victoria.

— Por que Victoria? — perguntou o peleteiro.

— Porque um dia o Pai Romero disse que as águas iam cobrir todo o Tapalqué. Ele tinha visto isso num sonho. Tínhamos que partir. Pediu um mapa, fechou os olhos e apontou às cegas Victoria.

— Foi o acaso?

— Acho que ele tinha calculado isso. Mas isto eu não posso dizer agora. Você continua com a ideia de afundar o quebra-gelos?

— Mais do que nunca. Quero destruir um símbolo.

— Você viria comigo por uns dias a Victoria?

— Por que é que eu faria isso?

— Porque eu vou te acompanhar no rio.

— Então não é pelo dinheiro.

— Faz tempo que não é só pelo dinheiro.

— O que é que você vai fazer lá?

— Tenho que acertar algumas coisas.

— E parece que você não consegue acertar isso sozinho.

— Preciso de uma testemunha.

— O que você está dizendo?

— Algumas coisas não têm explicação e é preciso que outra pessoa as veja.

— Coisas sobrenaturais?

— Digamos que sim.

— O protestantismo mudou sua vida.

— Eu vivia possuído.

— Romero.

— Agora é como se eu estivesse acordando de um sonho. Olho em volta... perdi tanta coisa.

— Temos tempo?

— Temos. Você nunca esteve em Victoria?

— Dizem que é uma cidade meio mística.

— Isso é o que dizem.

— Você viveu muito tempo lá?

— Menos de um ano.

— Então você conhece bem.

— Não saberia te dizer.

— De quantos dias você precisa?

— Três, no máximo quatro. Além disso, Bocconi disse que era bom deixarmos a cidade por uma semana.

— Mas os últimos detalhes...

— Bocconi vai se ocupar de tudo.

— Você tem muito medo de que nos aconteça alguma coisa.

— Tenho.

— É como uma despedida.

— De certo modo.

— Eu não tenho de quem me despedir.

— Mas você tem um filho...

— Eu não posso ir e dizer a ele: "Estou me despedindo porque vou explodir um barco".

— Ele ia pensar que você está louco.

— Você pensa o quê?

— Faz tempo que não penso.
— Desde a história da memória?
— Desde antes.
— Na viagem você pode recuperá-la.

VIII

Osso e o peleteiro viajaram para Entre Ríos. Passariam um dia lá. Apesar de terem viajado por motivos diferentes, tinham algo em comum que os unia, uma ideia fixa.

Pouco antes do meio-dia instalaram-se no Hotel Plaza, localizado no centro de Victoria, numa rua que desembocava na praça e no prédio da prefeitura. Osso exclamou:

— Sempre acabo perto da prefeitura.

Caminharam um bom pedaço, sem rumo. Osso, quando passavam por algum lugar onde ele se lembrava de ter estado, descrevia-o a Landa com certo entusiasmo. Como se pouco a pouco, e como que antecipando o que dissera o peleteiro, e talvez por ele ter dito aquilo, fosse recuperando a memória.

— No tempo em que vivi aqui nunca percebi. Mais do que a cidade das grades, deveria se chamar a cidade dos advogados. Em cada casa tem uma placa.

Quando passaram pelo Instituto de Ensino Kennedy, Osso falou:

— Rosa Comte dava aula aqui.

— Aula? — perguntou o peleteiro com certa perplexidade, pensando ter ouvido mal.

— É, aula... O que você achava que fosse?... Ela é professora de artes plásticas...

Depois, como se fosse um zumbi, Osso o levou até a igreja de Victoria para mostrar a ele o que parecia ser a causa de sua obsessão, incompreensível ainda para o peleteiro. Ainda não tinha conseguido entender por que Osso tinha querido fazer a viagem acompanhado.

Osso caminhava com passos de autômato, como alguém que depois de muito tempo volta a um lugar que conhece como a palma da mão e entretanto, por esta mesma razão, termina se perdendo.

Tiveram de dar uma caixinha ao sacristão porque a imagem que Osso queria ver só era exibida na Páscoa.

— Está vendo, Landa? O Cristo parece com o Romero.

— Nunca vi a cara dele.

— Não tenho fotos.

— Ele sabe disso?

— Não faço ideia.

— Então não entendi.

— Em Victoria, na Páscoa, celebram a Paixão de Cristo. Cada morador da cidade faz um personagem da Paixão. Fica todo mundo louco. Uma padeira é Maria, um pedreiro é José, um artesão é Jesus.

— E no resto do ano?

— Nada, esperam chegar outra vez a Semana Santa.

— São atores?

— Não.

— O Cristo parece o artesão?

— Nem um pouco. Você acha que eu deveria queimá-lo?

— Todo mundo te pede para queimar alguma coisa.

— E a louca me queimou.

— Se você fizer isso, acha que é uma forma de se livrar do Romero?

— Poderia ser...

— Nunca perguntou a ele?

— Para o Romero não dá para perguntar nada.

— Ele te dominava.

— De certa forma, sim.

— Tudo começou em Victoria.

— Não, aqui tudo acabou.

— Quanto tempo faz?

— Se eu contar com o acontecido de Tapalqué, faz quase seis anos.

— É muito tempo.

— Tempo demais.

Calaram-se, cada um metido com suas coisas. Além do estado de ânimo que os dois viviam, moviam-se pela igreja de modo diferente. O peleteiro apesar de o lugar ser-lhe desconhecido, andava de maneira familiar, enquanto que nos movimentos de Osso notava-se um respeito excessivo que era quase um temor reverencial.

— Olhe as pinturas das paredes — disse Osso.

— Como as de qualquer igreja — reagiu o peleteiro.

— Olhe bem, Landa.

— A Via Crucis.

— Não. A parábola da multiplicação dos peixes. Você não está vendo o barco e os três pescadores jogando os peixes no mar?

— Tem razão.

Então Osso, quase como um predicador, explodiu:

— Os peixes têm a boca vermelha de sangue. São uma mistura de peixe e cobras — acrescentou Osso de um fôlego.

— Um pouco de mau gosto.

— E à esquerda?

— Cristo acalmando a tempestade.

— E no meio do mar um barco com as velas partidas.

— É.

— Uma vez entrei na igreja para dizer a Cristo que eu ia me desfazer de Romero. Então dei de cara com este Cristo...

O peleteiro ficou olhando para Osso. Não sabia o que dizer.

— Você está calado. Está pensando que eu estou louco...

— Não, nem pensei nisso.

— Era mentira.

— O quê?

— Eu tenho uma foto do Romero.

— Tem?

— Quer ver?

— Quero.

O peleteiro teve a impressão — talvez por estar dentro de uma igreja — de que a foto que seu amigo estava tirando da carteira desgastada era na verdade uma imagem. Algo milagroso ela deveria ter porque a foto estava em perfeito estado. Osso entregou-a e o peleteiro se dirigiu ao outro lado da igreja, ao pé de um pequeno vitral que deixava entrar um raio de luz.

Depois de observá-la detidamente, o peleteiro voltou ao lugar anterior, onde Osso tinha ficado, e disse:

— Você tem razão, eles são parecidos.

— E isso porque na foto Romero está mais gordo.

— Sim, mas tem alguma coisa de parecido.

— Na expressão também?

— Não sou muito bom fisionomista, mas acho que a expressão é diferente.

— Esse é o problema, Landa...

— Não estou entendendo.

— Existem rostos para o bem e rostos para o mal.

— Você tem razão, é uma diferença.

— Como você explica isso?

— Mero acaso. Existem tantos rostos que são parecidos.

— Não acho que seja acaso.

— Você tem alguma pista?

— Esse é o mistério que estou tentando descobrir.

— Mas, além da fisionomia, tem outra coisa?

— Não é estranho o Cristo estar acorrentado? Isso me fez lembrar dos caras do *Greenpeace* acorrentados ao caminhão.

— Você quer transformá-los em mártires.

— Interceptaram um caminhão que transportava lixo eletrônico. Alguns voluntários se acorrentaram ao caminhão e passaram a noite lá. Puseram uma grande bandeira amarela com um círculo vermelho no meio. Eles também estavam vestidos de vermelho.

— Como as baleias.

— Eu fiquei muito tempo acorrentado ao Romero e nunca consegui saber porque. Então pensei em fazer esta viagem para ver se eu conseguia descobrir o motivo e me libertar. Tem alguma coisa que ainda me prende a Rosa Comte e a Romero. Quero dizer, além dos meus filhos. Porque, fora o Roque, todos tomaram o partido dela e dele. Mas tenho claro para mim que, se me acontecer alguma coisa, o menino não volta com a mãe. Vai com os tios. Eu já entreguei meninos demais para a umbanda.

— É possível que depois desta viagem você chegue a uma conclusão.

— Eu não quero voltar a cair nas mãos do Romero.

— E você sente saudades dela?

— Aquela de quem tenho saudades não é mais ela.

— Posso te fazer uma pergunta?

— Claro.

— Por que você carrega uma foto do Romero?

— Roubei a foto de Rosa Comte e depois ela foi ficando na minha carteira. Nunca tive coragem de jogar fora nem de queimar.

De repente, Osso voltou à sua intimidade:

— A coisa aconteceu já faz seis anos, quando Romero teve a revelação sobre o Tapalqué. Disse que o barulho do vento se aproximaria do barulho da desgraça. Ele convenceu Rosa Comte de que a gente tinha que partir.

— Por que você a chama assim, Rosa Comte?

— Desde que eu descobri a história com Romero, eu falo o nome e o sobrenome dela e nunca vou deixar de fazer isso até a minha morte.

À medida que transcorria a conversa o peleteiro foi se sentindo cada vez mais inquieto; não sabia com quem estava falando. Osso parecia verdadeiramente possuído, tinha mudado o modo de se expressar e ao falar misturava as palavras que usava. Palavras que Landa até esse momento nunca tinha ouvido da boca dele.

Como se tivesse medo de se esquecer, Osso começou a contar ao peleteiro o que tinha acontecido quando seis anos antes uma grande inundação arrasara Tapalqué. A desgraça parecia estar na cor do céu, no cheiro da terra, no ar que respiravam seus habitantes. Em um desses dias, Romero procurou um mapa, fechou os olhos e colocou o dedo em cima de um nome. Depois fez com que Rosa Comte fechasse os seus e fizesse o mesmo. Foi como se o lugar tivesse um ímã. Ela abriu os olhos e disse: Victoria. A coincidência a impressionou. Tinham que partir de Tapalqué antes que as águas a cobrissem. Não restaria nem uma vaca nem uma ovelha viva, vaticinou Romero.

Isto foi o que disse Osso na porta da igreja. Ali, não só dava as costas às palavras de Romero, como à sensação de também estar enfrentando novamente o desastre.

Caminharam uma quadra e entraram em um clube — *Prazer e Trabalho*: no *buffet* tinha almoço.

— Passei muitas vezes por este clube e nunca me animei a entrar. Tomara que a comida seja fresca.

— O melhor é pedir peixe.

— Eu nunca como peixe.

Os ventiladores do teto faziam um barulho estranho. Nas mesas de mármore estavam desenhados tabuleiros de damas. Em uma delas ficou abandonada uma jogada de maneira imprevista: pelo modo como estavam dispostas as peças pareciam estar no meio de uma partida. No outro extremo da sala de jogos, a mesa de sinuca estava coberta por panos brancos que pareciam mortalhas.

Depois de fazer o pedido, Osso tentou retomar a conversa. As observações que o peleteiro fazia sobre o clube o distraíam, irritando-o. É possível que o peleteiro, notando o estado de ânimo de Osso, procurasse não contrariá-lo.

— "O barulho da desgraça". Bíblicas assim soaram as palavras de Romero e fui atrás delas como um carneirinho. Arrastado pela minha família, de Tapalqué até Victoria. E o que é pior, voltando a confiar nele. Apesar de já naquele tempo Romero dormir com Rosa Comte e com a própria mulher, e me mandar dormir no quarto dos fundos.

O garçom se aproximou para servir a comida e interrompeu a conversa. Nesse momento os dois homens se lembraram de que tinham combinado juntos fazer essa viagem. Então a tensão que tinha se criado entre eles começou a ceder. O peleteiro porque já não se atreveu a interrompê-lo, e Osso porque estava ansioso por retomar o relato.

— De onde saiu Romero?

— É uma boa pergunta. Você não me perguntou como eu o conheci ou onde ele morava, mas de onde ele saiu, como se Romero não tivesse saído deste mundo.

— Perguntei por Romero.

Então Osso contou ou recitou como tinha cruzado com Romero em Diamante por questões de trabalho já que nesse tempo ele aparecia no quadro de servidores municipais como fiscal de saúde. Supunha-se que ele fiscalizasse alguns rios do litoral e suas condições para a pesca. Fora nomeado para a comissão de serviços em Entre Ríos. Na verdade, tinha viajado como motorista de uma médica, especialista em doenças contagiosas, que fora enviada a Diamante por causa de uma epidemia que tinha se alastrado pela região. O clima nos rios estava agitado pelo temor dos *aedes*.

"Quando eu o conheci, a primeira coisa que Romero nos disse, à médica e a mim, pareceu-nos estranha: '*Aedes*, não lhes parece o nome de um deus?' Mas a doutora respondeu de primeira: 'São os mosquitos do pântano. Vulgarmente dengue'. Romero, que não tirava os olhos de cima de nós — prosseguiu Osso — respondeu-nos com palavras ainda mais estranhas e que se gravaram na minha cabeça. 'Para mim, parece um nome que descendeu de maneira mortífera dos céus até os homens'..."

— Dá para perceber que Romero sempre se move pela mesma região.

— É verdade, Landa.

Depois, o peleteiro perguntou a Osso o que Romero fazia nesse lugar. E Osso não fez outra coisa além de repetir o que tinham contado para a doutora alguns funcionários da Saúde. Como certas pessoas, tinha procurado o pai de santo nos subúrbios de Diamante. Na região ele tinha a fama de curandeiro. Foi nessa situação tão particular que era vivida em Diamante que interveio Romero, que tinha se transformado de pai de santo em pastor da Nova Igreja. Romero falou como se fosse um ator e até com certo suspense. As pessoas tinham por ele mais temor do que respeito. Mais por uma questão religiosa que por uma questão de costumes.

Em Diamante todos sabiam que Romero vivia com duas mulheres e que elas se davam bem entre si. De onde tirava dinheiro para se manter era um mistério, apesar de suspeitarem que se dedicava a libertar as pessoas que tinham sofrido alguma amarração. Mas chegado o momento em Diamante ninguém dizia esta boca é minha. Todos negavam ter contratado os serviços dele. Até o próprio Osso confessou a Landa que apesar de conhecê-lo há pouco, teve vergonha quando soube da promiscuidade em que vivia Romero.

A estas versões foram sendo acrescentadas outras que a doutora foi recolhendo não mais dos funcionários, mas dos doentes, os que contaram a ela que enquanto durou a epidemia os mosquitos estavam nos brejos. Rente à água. Arrasavam. Transmitiam uma febre repentina e intermitente que confundia os doentes, dava calafrios intermináveis. O curioso é que em certo momento os mosquitos desapareceram dos banhados e dos brejos. Não estavam no ar. As pessoas de Diamante diziam que a cor do céu tinha mudado e o calor era sufocante e que se olhassem o rio parecia que a água tinha passado por uma estranha mutação.

— Mas, quem te contou tantas coisas?, perguntou o peleteiro com certa perplexidade, porque havia momentos em que suspeitava que toda a história que Osso lhe contava era pura invenção.

— A doutora me contou.

O argumento foi suficiente para que o peleteiro acreditasse em Osso. Talvez por ser diabético desde a juventude, tinha sido criado e educado confiando no que diziam os médicos.

Quando terminaram de almoçar decidiram tomar café em outro salão onde se chegava atravessando um pátio rodeado por duas palmeiras gigantes. No lugar havia dois adolescentes jogando sinuca.

— Faz tempo que você não joga?

O peleteiro custou a responder e o fez em voz baixa para que os jogadores não conseguissem escutar a resposta:

— Eu nunca joguei.

Fazia tempo que os dois jovens tinham terminado a partida de sinuca e o garçom rondava em torno de Osso e do peleteiro para receber e poder ir embora. Disse a eles que poderiam continuar conversando no bar, que ficava aberto até a noite. Então foram para o balcão, como se não pudessem abandonar esse lugar antes de Osso terminar sua história ou o espírito de Romero não lhes permitisse partir.

— Romero disse que os mosquitos tinham feito ninho nas pias de água benta. Uma igreja pequena onde iam poucos fiéis e certamente a água ficava parada. Até esse momento ninguém tinha conseguido explicar como os mosquitos tinham chegado à Casa de Deus.

E como se apesar do tempo passado e mesmo que Osso tivesse já alguma explicação do acontecido em Victoria, ele mesmo duvidava dela e agora que lembrava dos acontecimentos passados se afundava numa incerteza semelhante à daqueles dias.

— Então Romero, como se tivesse tido uma revelação, disse: "É preciso ir ter com os mortos". Todos os que o rodeavam ficaram desconcertados esperando que ele acrescentasse algo mais: "Com seus próprios mortos. É preciso ir ao cemitério".

Somente Romero poderia ter dado uma ordem dessas. Essas palavras tinham que vir de alguém que não fosse de Diamante, pensou o peleteiro. Também assim descobriram que os mosquitos tinham feito ninho nos vasos de flores colocados nas sepulturas.

No cemitério, do prefeito até os vizinhos, todos cercaram Romero. A doutora estava perplexa: "Não tinha pensado nisso, mas é a coisa mais lógica do mundo". Romero respondeu: "Sabe como se chama isso? A vingança do morto".

Diamante tinha decidido acreditar nas palavras de Romero, por isso caiaram todos os túmulos, mas todos sabiam que era preciso algo mais que uma medida sanitária. Foi em vão que a doutora tentou desmentir a versão de Romero, afirmando que no porto se junta gente de toda parte: a história dos vasos de flores inclinou o jogo a favor do pai de santo.

Quando, no meio da conversa, que por momentos transformava-se em um longo monólogo, Landa reconhecia alguma expressão familiar que lhe fazia lembrar seu amigo, sentia certa calma. Em algum momento até tinha vacilado em prosseguir a viagem mas quando escutou "A vingança do morto" decidiu que era inútil porque sentiu a presença de alguém desconhecido entre os dois, ou pior ainda, um espírito do outro mundo evocado por Romero.

— Então Romero prometeu levar a epidemia com ele em troca de uma soma em dinheiro. "Fui enviado para levar comigo a peste", disse, fazendo um pouco de teatro. Deram-lhe um dinheiro, nunca se soube quanto.

O peleteiro calculou quanto tempo fazia que não visitava um cemitério. Depois pensou: "É possível que Romero tenha escolhido Osso. É possível que percebesse uma fraqueza nele. O certo é que desde esse dia em Diamante até acontecer a catástrofe em Victoria, Osso nunca mais se separou dele."

E foi depois dessa reflexão do peleteiro que Osso formulou a pergunta que continuaria fazendo a ele enquanto estivessem em Victoria: "Por que ele me escolheu?"

Caía a tarde, os dois amigos tinham deixado o clube para se sentar no banco da praça. Outra vez em frente à prefeitura, mas desta vez Osso não fez nenhuma brincadeira porque sabia que o peleteiro estava realmente assustado. A essa hora o canto dos pássaros nas árvores era ensurdecedor.

— Tem passarinho demais, é insuportável — protestou o peleteiro.

— A louca fala feito um passarinho.

— Vamos para o outro lado.

— Vamos, este lugar me traz más recordações.

— De quando você esteve em Victoria?

— Não, de muito antes, de um acidente que tive quando eu era menino.

— Romero necessitava um lugar para ir. Em Diamante queriam se livrar dele. Perguntou-me onde eu vivia. Tapalqué, eu disse a ele, Província de Buenos Aires. "Vou com você", respondeu com uma firmeza que parecia vir de uma intuição superior. "Tapalqué", repetiu em voz alta, com o mesmo tom que tempos depois Rosa Comte diria: Victoria.

— Muito depois.

— É, Landa, muito depois.

— Você não resistiu?

— No começo, resisti um pouco. Eu disse "não sei o que minha mulher vai dizer". Mas já então deveria ter escutado o que ele me disse: "Minhas outras duas mulheres vão convencê-la. Tenho um pouco de dinheiro para me instalar. Além disso, o mal sempre termina me dando de comer".

— E, no fim das contas, quantos viajaram para Tapalqué?

— Romero, junto com sua primeira mulher, a que tinha dois fihos. A outra não viajou. Essa não tinha filhos.

Talvez com a mesma perplexidade que teve da vez que chegou a Tapalqué, Osso contou ao peleteiro como Romero se instalou com a sua mulher e os filhos dela em uma casa pré-fabricada vizinha da dele. Primeiro, os dois terrenos estavam separados por uma cerca de arame que em algum momento alguém cortou sem que ninguém se surpreendesse. Foi a coisa mais natural do mundo que as casas se comunicassem entre si.

Também contou a ele que viajou em comissão de serviço a uma dependência do escritório de Controle de Alimentos em barcos de carga. Despediu-se como das outras vezes, deixando sua família com a vida de todos os dias.

"Tinha acontecido uma estranha mutação", disse Osso repetindo as palavras que a doutora pronunciara em Diamante, para explicar ao peleteiro que quando tinha regressado da viagem, notou uma mudança na conduta de suas duas filhas mais velhas. E como a mais velha — com uma naturalidade espantosa — contou a ele que tinha começado a viver vidas passadas.

— Foi inútil tentar convencê-las de que não deviam acreditar nessas coisas.

Algo tinha se transformado no espírito e no modo de agir delas. Suspeitei da influência de Romero sobre elas. Rosa Comte disse para eu ficar tranquilo, que ele só dava aulas de meditação espiritual. A coisa ficou clara para mim quando Mônica, a mais velha, completou quinze anos. Fizemos uma festa. A maioria dos convidados era de Tapalqué. Romero quase não apareceu pela festa, o que era estranho, pelo lugar importante que ele ocupava na família. Nessa noite comprovei que ele exercia seu poder à distância. Percebi quando o baile começou. Até esse momento pensava que conhecia minha filha. Conhecia até a música que ela ouvia. Mas essa música que tocava me pareceu conhecida, meio louca.

— Você nunca descobriu o nome da música?

— Não sei se tinha nome. Era o fundo musical que Romero colocava na rádio.

— Como assim na rádio?

— É, ele tinha um programa de meditação chamado "Vidas Passadas".

— Mas, qual era o poder de Romero?

— Uma rádio pirata. Mas que servia para ele capturar as pessoas através das ondas.

— Em que horário?

— De manhã, bem cedo.

— Assim ele mantinha todos sob sua influência o dia todo.

— Pois é, todos dançávamos ao compasso da música que Romero impunha. Olhei para ela e então eu percebi: Rosa Comte estava possuída. Fui um covarde; mas também, depois de presenciar a história dos vasos de flores no cemitério de Diamante, no fundo tinha medo dele.

— Você já suspeitava que ele estava te enganando?

— Dizem que o marido é o último a saber.

Quase ao mesmo tempo os dois se levantaram do banco da praça. Talvez porque o canto dos pássaros fosse insuportável ou porque começasse a refrescar e eles a sentir o cansaço da viagem.

Desta vez o peleteiro percebeu que à medida que Osso falava, sua voz se entrecortava. Foi quando ele lhe contou que, voltando de outra viagem antes do previsto, encontrou Rosa Comte e Romero em sua própria cama. O que mais lhe chamou a atenção foi que os filhos de todos estivessem brincando ou estudando perto, na própria cama ou na rua. Naquela ocasião, Romero dissera: "Não há nada a esconder do Senhor. E se o Senhor não se ofende não há nenhuma razão para que você se ofenda. Tudo tem que seguir da mesma forma já que vamos viver todos juntos".

— Isso foi antes de você se mudar para o quarto dos fundos? — perguntou-lhe Landa por formalidade porque no mais íntimo estava pensando: "Ninguém gosta de ser corno".

— É, foi. Eu não era nenhum otário. Rosa Comte não foi minha primeira mulher. Com meu trabalho eu tinha conhecido mais de uma mulher e também mais de uma puta. Não foi a certeza de Romero o que me convenceu, mas a atitude dela. Rosa Comte tinha uma cara de felicidade que não parecia ser pela transa. Entretanto, eles trepavam.

Depois do que Osso tinha contado o peleteiro pensou que somente uma espécie de transe espiritual poderia ter permitido a Rosa Comte levantar-se da cama e se vestir sem nenhum pudor diante do marido e de Romero, e depois caminhar ao quintal onde estavam os filhos de todos para dizer a eles que já estava na hora de comer.

Osso confessou ao peleteiro que na época não conseguia reagir. Porque o que acontecia nesse momento vinha de tempos atrás, de quando Romero surgiu em sua vida. Mas a grande incógnita não era tanto como o pai de santo tinha conseguido esta influência sobre ele, e sim como tinha conseguido convencer Rosa Comte, uma mulher de personalidade forte. Como tinha convencido a ela, se ela não era realmente uma pessoa que acreditava nessas coisas. Nunca ia à igreja, menos ainda à umbanda. Se era pelo sexo... ela sempre tinha se mostrado muito apaixonada por ele. Depois de cada viagem, passavam várias horas na cama. E esse hábito não foi interrompido por eles durantes as cinco gestações.

Landa não acreditava nessas coisas, mas desde o que acontecera na peleteria já não sabia em que acreditar, e pensou que era provável que Romero tivesse feito um trabalho para Rosa Comte e para Osso ou para os dois juntos. Ou para toda a família já que, segundo Osso tinha lhe contado, também os seus filhos tinham se juntado com as filhas da outra mulher. Além disso, Osso, segundo lhe confessou, teve medo de que alguma das meninas mais velhas fosse para a cama com Romero. Depois de transmitir sua preocupação a Rosa Comte, afastou-se e foi viver no quarto dos fundos.

Quando Osso disse a Landa que a partir desse momento tinha perdido a vontade, este o entendeu, porque com ele acontecera a mesma coisa. E que com o resto do ânimo que ainda conservava, Osso resistiu em sua casa porque não queria deixar seus filhos nas mãos de Romero e Rosa Comte.

— Tudo aconteceu como eu acabei de contar. Ninguém acreditaria que as coisas aconteceram desse modo. Sem nenhuma violência. Como dizia Romero, era preciso esperar que o mal agisse.

— Como uma seita. Li isso num livro — disse Landa.

— Eu não li em lugar nenhum. Eu vivi — respondeu Osso.

Apesar de estarem apenas a uns metros do hotel percorreram esse caminho lentamente e em silêncio como se nenhum dos dois tivesse ânimo para retomar a conversa.

O hall do hotel era parecido com outros similares que se veem nos hotéis do interior. Uns móveis de bambu que podiam servir tanto para o verão quanto para o inverno, para o café da manhã ou para o chá e também para tomar um trago. Estava iluminado com luz neon e a única coisa moderna que tinha era uma televisão de última geração.

— Estamos dentro, mas é como se estivéssemos fora — exclamou o peleteiro indicando a Osso quadros que decoravam o lugar e que reproduziam alguns dos lugares por onde tinham caminhado ao longo do dia. Mas Osso não parecia dar muita atenção, ele estava ensimesmado, submerso em sua própria história.

"É mentira — esclareceu Osso energicamente ao peleteiro como se ele fosse o responsável pelas versões que naquele tempo circularam em Victoria — o que se dizia. Eu nunca presenciei as relações entre os dois. Nem me obrigaram, e sequer me propuseram. Eu era livre para escolher, sem ofender ao Senhor. O estranho é que tudo isso acontecia de modo natural. E tem outra, se eu tivesse me aproximado de Rosa Comte, mesmo com o Romero por perto, ela não teria me rejeitado."

"Tirei uma licença no trabalho. Não queria deixar meus filhos com eles. A questão era passar o dia. Tinha medo de eles largarem a escola. Rosa Comte sequer insistia para eles irem ao colégio, considerava que Romero era uma boa influência. Pensei em ir embora com meus filhos. Mas como eles estavam felizes com a mãe e com o que acontecia ao redor deles, a situação me desconcertava e decidi ficar. Mais de uma vez, a própria Rosa Comte chegou a me dizer que não entendia por que eu não era feliz. Lembro que olhei para ela assustado. Dava medo ver o tipo de pessoa em que ela tinha se transformado."

"Agora já consigo imaginá-lo transformado nesse cadáver que morava no quarto dos fundos", pensou o peleteiro enquanto sentia uma piedade infinita pelo amigo. E era por essa piedade por ele, mas também por si mesmo, que desejava que a história terminasse logo de uma vez.

— Quanto tempo durou isso?

— Mais ou menos dois anos.

— Não sei como você aguentou tanto.

— Eu já lhe falei, um pouco por preocupação com os filhos. Mas também porque nestes casos o cara não sabe nem em que dia está.

— É verdade, quando entro na câmara frigorífica perco a noção do tempo.

— Não posso culpar Rosa Comte nem meus filhos. Cada um fez o seu. Mas o que aconteceu comigo foi coisa minha. Romero foi se apoderando da minha alma e da minha vontade. Havia algo que ele sabia de mim e que eu mesmo desconhecia; isso o tornava poderoso perante meus olhos.

— Agora entendo por que você virou crente.

— Romero se instalou em Tapalqué. Uns meses depois Rosa Comte disse que estava grávida. Sempre suspeitei que a última menina não era minha filha. Basta olhar para a carinha dela. Ela não se parece nem com a mãe. É como se ela fosse só do Romero.

— Não estou lhe entendendo.

— Como posso explicar, é como se ele a tivesse tido sem mulher.

Apesar de os dois estarem exaustos, adiavam o momento de subir ao quarto para dormir. Cada um por motivos diferentes. Osso porque não conseguia parar de falar e além disso porque tinha certo temor de não conseguir pegar no sono, já que, para essa cerimônia tão privada que é dormir, Landa se transformava em um estranho. O que era esquisito para alguém como Osso, que tantas vezes tinha dormido em qualquer lugar, desde a rua até em um carro. Landa demorava por outros motivos, o primeiro e principal deles era que tinha a esperança de que Osso dormisse para que ele pudesse injetar-se a insulina com mais tranquilidade sem correr o risco de que o outro pudesse interrompê-lo; o segundo, mas nem por isso menos importante motivo, era que ele queria ficar um pouco sozinho sem a voz de Osso lhe martelando nos ouvidos. Mas o monólogo de Osso duraria ainda um tanto mais.

— Romero usava seus poderes sobre alguns vizinhos de Tapalqué e explorava os poderes das minhas filhas com a cumplicidade da mãe. Mas, o que acontecia com os homens da família, com meus filhos, e comigo mesmo? Meus filhos, fora o Roque, defendiam a mãe. Quando comecei a dizer a eles o que eu pensava, arregalaram os olhos. Foi então que eu percebi que havia um pacto diabólico estabelecido entre todos.

— Você não pediu ajuda?

— Quando acontecem estas coisas as pessoas não acreditam em você. Acreditam só depois, quando tudo já acabou.

— Pelo que você conta...

— Rosa Comte queria que eu passasse a escritura da casa para o nome de Romero; ele, numa visão, tinha visto meus irmãos me despejando dessa propriedade. Ela cada vez que tinha uma oportunidade tentava me convencer que Romero era um homem de confiança. Como se o fato de eles treparem não tivesse nenhuma importância. Eu disse isso a ela, sabe o que ela me respondeu? Isso não tem nada a ver.

— No fim das contas, você passou a escritura.

— Passei, já falei que na minha vida, eu já estive muito melhor que agora — acrescentou Osso, dirigindo-se diretamente ao peleteiro como se tivesse se conectado novamente com a realidade.

Da última vez que Osso viajou em comissão de serviço, Romero o acompanhou até a Rodoviária de Tapalqué. Nem bem saiu o ônibus, Osso — isto ele confessou ao peleteiro, com certo tom funesto — teve a sensação de estar viajando à deriva por uma estrada escura. Colocou a cabeça para fora da janela e olhou para trás e viu a mão de Romero, com um trapo negro, que como numa despedida de luto se agitava à distância.

Era sua primeira noite em Victoria. Os dois homens nunca tinham dividido um quarto. Em sua nova vida, Osso fazia tempo que não dormia em um hotel. Sortearam qual dos dois seria o primeiro a tomar banho. O peleteiro ganhou e deu a vez a Osso. Ele tirou a roupa e foi para o banheiro. O peleteiro já tinha visto Osso seminu no barraco e na casa de massagens; mas desta vez parecia ainda mais magro.

Como muita gente, Osso tinha o costume de cantar no chuveiro. Fazia isso com um volume de voz que causou estranheza ao peleteiro porque não parecia sair de seu próprio corpo. Osso cantava em italiano o que parecia ser uma *canzonetta*.

— Onde você aprendeu italiano?

— Tive um avô calabrês.

Quando Osso saiu do banheiro vestido com uma camiseta, que era a mesma que usava para navegar, o peleteiro pensou: "Comprou no *La Salada*".

Escolheram as camas e desta vez não fizeram sorteio porque Osso escolheu a que dava para uma janela. Abriu-a um pouco e disse:

— Gosto de respirar.

— Acontece algo parecido com todo mundo...

Osso não achou a resposta engraçada. Era evidente que o peleteiro estava enrolando, até que finalmente começou a tirar a roupa. Quase com um gesto provocativo como que para dissimular a vergonha que estava sentindo, enfrentou a Osso com o tronco nu. Levou as mãos ao redor do abdomen e não conseguiu esconder os hematomas, sem dúvida causados pelas injeções que se aplicava diariamente. Osso olhou e rindo lhe disse:

— Você não precisa de relógio.

Desta vez foi o peleteiro que não achou a resposta engraçada.

— Eu me aplico as injeções seguindo o sentido dos ponteiros do relógio. Uma de manhã, e outra de noite. Desde que entrou em circulação uma espécie de lapiseira laser é menos traumático. Agora dá para medir a glicose digitalmente em um aparelho que parece um celular. As aplicações são uma coisa que eu prefiro fazer sozinho.

— Fique tranquilo, as injeções me dão aflição.

O peleteiro entrou no banheiro e se enfiou debaixo do chuveiro. A água saía com pouca força. Como que não podendo esperar, Osso ansioso por continuar contando o que tinha acontecido em Victoria, bateu na porta do banheiro no mesmo instante em que a abria enquanto a sombra difusa do corpo do peleteiro se deixava avistar sob a cortina florida.

— Você está louco.

— Não. É que você me disse que temos pouco tempo. Além disso não somos veados. O que aconteceu em Victoria não foi uma questão de fé nem de loucura. Com o tempo fui perdendo a fé nele, mas não o medo. O medo de que ele fizesse algo com meus filhos. Tudo começou em Diamante, quando o escutei falando da vingança do morto.

O peleteiro escutara o relato de Osso no ritmo das gotas que badalavam em sua cabeça como as palavras de Osso. Um pouco frias, um pouco sujas, um pouco alheias.

Na manhã seguinte começaram a caminhar por uma rua que ia dar no porto. A caixa d'água das Obras Sanitárias dominava a cidade. Seguramente o pessoal de Victoria, olhando para o alto, guiava-se por ela.

Os dois homens conversavam tão animadamente que de repente, sem perceberem, já estavam no porto. Depois de cruzar uma ponte de madeira, vários galpões de zinco indicavam os domínios da companhia areeira Victoria. Percorreram a rua que margeia o cais e chegaram a um escritório da Delegação de Ilhas.

— Eu já trabalhei aí. Consegui uma transferência.

— A placa diz Direção de Fauna e Flora.

— Pois é, e também Comissão de Fiscalização.

— Sempre acabamos no porto.

Ao retomar o caminho de volta, Osso parou para cumprimentar alguém da areeira.

— No porto todo mundo acaba se conhecendo — comentou com o peleteiro.

— O lugar é simpático.

— O mais bonito é o cais onde juntavam o gado que levavam nos barcos.

— Está podre.

— Aqui está tudo apodrecendo... menos o cassino.

— É imponente. Não tem nada a ver com o resto.

Foi nas poucas quadras que o separavam do restaurante que Osso contou ao peleteiro como suas filhas, à medida que a convivência com Romero e sua família foi se instalando definitivamente, foram acreditando cada vez mais em reencarnação. A mais velha afirmava que em uma vida anterior tinha sido uma médica famosa que se aproveitava da profissão para ganhar dinheiro. Certa vez se negou a atender uma mulher pobre e a mulher morreu, de modo que agora ela tinha voltado ao mundo só para fazer o bem. A segunda, pelo contrário, tinha sido muito pobre e agora só lhe esperava um futuro com muito dinheiro para ressarci-la das penúrias passadas em sua encarnação anterior.

— Você imagina, todos na dependência de que Romero lhes revelasse alguma coisa do futuro — disse Osso, saindo de seu monólogo para se dirigir ao peleteiro.

— Eu também gostaria de saber se tive outra vida.

Talvez tenha sido a resposta do peleteiro que deu a Osso a confiança necessária, ou simplesmente o fato de que não suportava mais e que precisava se confessar, ou as duas coisas ao mesmo tempo, o motivo que fez com que finalmente Osso confiasse a ele seu segredo.

Então com voz vacilante Osso contou ao peleteiro como um dia, uma única vez, entrou no quarto de Romero e não percebeu nada de sobrenatural, nada que o pudesse assustar, portanto custava-lhe relacionar esse quarto com o inquietante magnetismo que Romero irradiava sobre ele. Romero e Rosa Comte tinham ido fazer compras e ele sabia que dispunha de certo tempo. Em cima do criado mudo viu um copo de vinho pela metade e um livro de orações espíritas. Abriu-o. Chamou a atenção ver uma gravura da Virgem de Luján entre as páginas de um livro de espiritismo. Arrumou tudo tal qual tinha encontrado, notou que a gravura ficara marcando a mesma página. Antes de abandonar o quarto deu uma última olhada para ver se tinha deixado tudo em ordem. Nesse momento supreendeu-o um detalhe no qual antes ele não tinha reparado antes: o tamanho pequeno da cama; então deduziu que as duas mulheres dormiam no chão.

— Aproximei-me e percebi que debaixo da cama de Romero havia um colchão coberto com uma manta. Ergui a manta. O que eu vi me aterrorizou. Uma roupinha de bebê com as mangas cruzadas na altura do peito, como se estivesse morto. Afastei-me o mais rápido que pude do quarto.

O peleteiro percebeu que Osso tremia, de que de repente apertou o passo como se nesse mesmo momento estivesse saindo do quarto de Romero em Tapalqué.

— Romero me disse que ele sabia de minha vida passada e portanto de meu futuro.

— Era esse o poder dele.

— Era, e ele nunca ia me revelar o que sabia.

— Do que é que você tinha medo de uma vida passada?

— Não sei...

— O pior é que você imagina...

— Não imagino nada. Tenho um branco na cabeça. Nunca aconteceu contigo?

— Já.

— Vou te contar hoje pela única vez. Nunca contei isso a ninguém. Quando Romero se despediu de mim na Rodoviária me disse uma coisa de minha vida passada.

— O que foi que ele disse?

— Que eu tinha matado uma pessoa. Um recém-nascido.

— Ele disse isso!

— Essa palavra me matou.

— Você acreditou.

— Não se esqueça da roupinha de neném.

— Mas daí...

— É que nesse tempo eu acreditava em qualquer coisa.

— Em algumas situações a pessoa não é dona de si mesma — admitiu o peleteiro para consolá-lo.

— Sabe de uma coisa, acabei de pensar nisso, será que foi por conta da reencarnação que eu perdi a memória?

— Ainda mais se você teve uma reencarnação fodida — concluiu o peleteiro, interrompendo o que desde que estavam em Victoria nunca chegou a ser um diálogo mas uma confissão; como se do outro lado Osso esperasse uma absolvição que Landa não podia dar a ele.

O restaurante do clube já tinha se tornado familiar para eles. Osso e o peleteiro — talvez para se sentirem menos sozinhos — pareciam compartilhar o costume de chegar a uma cidade desconhecida e tranformar-se rapidamente em habitués de algum lugar. Para conseguir isso chamavam pelo nome o garçom que os atendia, deixavam gorjetas generosas, cumprimentavam o dono e quando se despediam davam a entender que voltariam no dia seguinte. Tinham ido ao restaurante na noite anterior e voltaram nesta tarde. Enquanto caminhavam, o peleteiro perguntou a ele:

— Por que vocês foram de Tapalqué a Victoria?

— Existe mais de uma versão. Uma tem a ver com a inundação. Essa região sempre inunda. A outra é que Romero passava mensagens cifradas pelo rádio.

— O que você está dizendo?

— É, dados. Não se esqueça que ele mexia com muitas informações sobre as pessoas. Hipotecas, vendas. Sabia onde o dinheiro estava. Dizem que alguém o denunciou, mas por medo retirou a acusação, não quis que o colocassem na cadeia. Veio o delegado de Tapalqué e pediu que ele fosse embora. Depois, Romero inventou a farsa do mapa.

— Voltou a Victoria porque fica perto de Diamante.

— Desde que cruzei com ele em Diamante só me pergunto uma coisa.

— O quê?

— Por que ele me escolheu?

— Osso...

— Depois, toda a família se mudou para Victoria. A partir deste momento percebi uma transformação em Romero. Os olhos, a cara eram de outro mundo. Nunca vou saber o motivo, mas uma manhã, enquanto fazia seus exercícios de meditação habituais, ele me pediu para acompanhá-lo. Com o mesmo tom de voz com que anunciou o mal que se avizinhava sobre nós e sobre Tapalqué, ele me disse: “Algo acontece com os crucificados”.

Nessa sexta eles tinham planejado voltar a Buenos Aires. Mas pela manhã o peleteiro se sentiu mal e pediu a Osso para ir com ele ao hospital. Foi atendido no plantão e o deixaram por algumas horas em observação. Landa tinha tido o que mais temia: um choque insulínico. Na agitação desses dias em Victoria tinha se aplicado uma dose excessiva de insulina.

— Às vezes tenho isso... São crises, desculpou-se o peleteiro.

— Estou acostumado.

— Não entendo.

— Estive muitas vezes aqui.

— Esteve?

— Quando se tem tantos filhos... sempre se vai parar no plantão.

— Osso, é melhor a gente voltar de táxi, não estou me sentindo bem para andar de ônibus.

— Como você preferir.

Portanto decidiram ficar mais dois dias em Victoria. Nessa noite, durante o jantar, o peleteiro contou a Osso algo tão pessoal, tão íntimo, difícil de justificar diante da dimensão do que planejavam fazer juntos.

— Você sabe que eu sou diabético. Insulinodependente.

— Você me disse alguma coisa.

— Sabia que, no meu caso, a doença tem uma evolução?

— Não sabia.

— Posso terminar fazendo hemodiálise.

— Não sou médico.

— Vou terminar dependendo de uma máquina.

— Explique melhor.

— Quando você tem uma crise, vai ao hospital e te conectam a uma máquina. Sabe o que é estar conectado a uma máquina!? Você se lembra do que falamos sobre o período depois da minha separação?

— Lembro.

— Antes de chegar à hemodiálise, eu ligo o gás.

No dia seguinte foram visitar a casa onde Osso tinha morado; tinham deixado a visita para a última manhã que ficassem em Victoria. No bairro Las Caleras estava passando o quinto quartel. Queria mostrar a ele a casa onde "viveram as duas famílias". Logo, ao se dar conta do significado de suas palavras, Osso procurou atenuar o que dissera e mudou de assunto.

Era uma dessas casas que têm uma construção na frente e outra atrás. Um chalézinho construído com alguma pretensão, caindo aos pedaços com o correr dos anos e com a falta de cuidado. Do antigo esplendor conservava uma caixa de cartas que fazia anos não era usada por ninguém, tal como o jardim, selvagem demais, abandonado demais. Era evidente que usavam a garagem como depósito de trastes velhos.

— Vim de memória. Não lembro o nome da rua nem o número — disse Osso.

— Isso é muito comum — respondeu o peleteiro.

— Considerei que a única maneira de lutar contra o poder de Romero era me transformar num soldado de Deus; e por isso me tornei evangélico. Depois de vários meses voltei ao rio. Isso faz quatro anos, ou quase. No rio me meti em coisas estranhas. Como se depois de Rosa Comte minha vida tivesse se partido em duas. E também depois de Romero. Depois conheci a louca.

— O que te atraiu nela?

— Não sei. Ela suporta tudo. Ou porque, contando com o Roque, eu voltava a ter cinco filhos.

— E o protestantismo...

— Me tirou do poço durante uns meses.

— E depois...

— Quem tem que combater o Romero sou eu.

— Você não confia em ninguém.

— Não confio em muita gente. Rosa Comte está esperando que Romero saia em liberdade. Da cadeia ele controla muitas coisas. Bocconi é um mistério e nunca consegui confiar nele. Tem o engenheiro, que conheci há pouco tempo e que parece de confiança. Mas ele é de outra categoria.

— E eu, Osso?

— Você precisa de mim.

— Eu te disse que não precisava meter Bocconi na história.

— Sabe, Landa, por que não me deu vergonha contar a você o que eu te contei?

— Não faço ideia.

— Porque você só escuta o que te convém.

Talvez para compensar o efeito da visita ao hospital na véspera, decidiram passar a última noite no cassino de Victoria.

— Vamos ao cassino?

— Já te disse, Landa: não tenho sorte.

— Victoria é diferente.

— Além disso, não tenho gravata.

— No hotel, eu tenho outra.

E assim os dois homens foram até o hotel. Landa e Osso se olharam no mesmo espelho. Trocaram as gravatas porque a que Landa tinha posto combinava com a cor da camisa de Osso. Um ajudou o outro a fazer o nó, conferiram se estavam com os documentos; enquanto o peleteiro colocava no bolso uma cuidada caderneta de identidade que conservava cuidadosamente desde seus dezoito anos, Osso tirou uma cédula remendada com um pedaço de fita *scotch*.

E assim foram até o cassino, um se esquecendo da doença e da peleteria e o outro se esquecendo por alguns momentos de Romero e Rosa Comte.

Não ganharam e nem perderam, mas se divertiram um pouco se emprestando dinheiro. Até sobrou um pouco para ir tomar um trago no bar do cassino, que tinha vista para o rio.

— Que andará fazendo Bocconi? — disse Osso sem se dirigir ao peleteiro, mas este tomou a pergunta como se estivesse dirigida a ele.

— Espero que cuidando das coisas.

— Você gosta do rio?

— Eu acho que todos os rios são meio iguais.

— Aí é que você se engana. No Riachuelo está metido muito dinheiro. Não soube quanto até estar no meio do rio.

Na manhã seguinte, levantaram cedo e voltaram para a capital. A maior parte da viagem de regresso a Buenos Aires eles fizeram dormindo. No caminho desabou uma tempestade, e logo tudo ficou envolto em uma espessa névoa. Os carros avançavam a passo de homem.

Antes de chegar à capital, como se despertasse de outro sonho e estimulado pelo mistério que lhe oferecia a névoa, enquanto tomavam café em um posto esperando o motorista encher o tanque, Osso terminou de confessar suas ideias para o peleteiro.

— Todos estes dias em Victoria me perguntei como uma família inteira pode se afundar na merda. Isso dos meus filhos foi uma má influência. Mas o que não consigo entender é o que aconteceu com Rosa Comte.

— É verdade, Osso, a gente nunca chega a conhecer as pessoas.

— Enquanto eu estava em algum lugar do rio, Romero caiu preso. A mulher dele o denunciou por ter abusado de uma das filhas. Essa mulher, diferentemente de Rosa Comte, conseguiu resistir ao poder de Romero. Já nem temo mais minha encarnação anterior. Por isso vou denunciar o contrabando de combustível que se faz no rio.

— Mas então nós vamos ser inimigos. De alguma forma você está com o *Greenpeace*.

— Com certeza você não tem a menor ideia de por que isso que você diz nunca poderia chegar a acontecer.

— Na verdade não sei mesmo.

— Porque não somos iguais. Vou fazer uma denúncia à prefeitura sobre a droga que é passada pelas areeiras que navegam pelo Riachuelo. Eu mesmo vi os sacos de polietileno metidos na areia em pequenos cubículos. Tem dias no rio em que por arte da magia não tem nenhuma vigilância, como se o pessoal da prefeitura tivesse desaparecido.

— Então não é só o Bocconi que conhece gente no rio.

— Nunca te disse o contrário. Conhecemos gente diferente.

— Não quero me comprometer com estas coisas.

— Você já está comprometido. Sei como se conseguem os bônus verdes e como eles são entregues por questões políticas. Vou denunciar que os mil dias prometidos pelos políticos para despoluir o Riachuelo são pura mentira. Não sabem que mil dias é uma expressão que está na Bíblia e que não deveriam brincar com ela. O rio é praticamente inavegável por questões de salubridade. É preciso proibir os irmãos Soroya de circularem nas areeiras. É um rio apodrecido por dentro.

— E o dinheiro, para que é que você quer?

— Você vai rir.

— Fala.

— Você não vai acreditar.

— A esta altura dos acontecimentos acredito em qualquer coisa.

— Para contratar um advogado.

Primeiro o peleteiro olhou para ele com assombro. Depois os dois deram uma gargalhada.

— E para que você quer um advogado?

— Para meter outro processo contra o Romero para ele apodrecer na cadeia.

— Depois que você usar meus serviços de advogado, você não vai me trair?

— Da próxima vez que você me disser uma coisa dessas, eu te quebro a cara.

IX

Nesse mesmo dia, apesar da tempestade, Landa foi à doca para ver se o *Artic* continuava no mesmo lugar. Em meio aos relâmpagos que iluminavam a escuridão do rio, o peleteiro avistou o quebra-gelos, flutuando desafiador. "Está me esperando, desafiando-me a me meter com ele. Como que me dizendo: 'Você é um incapaz. No fundo, você é um covarde'. Eu sorrio para mim. E sorrio para você. Nós dois sabemos do que estamos falando. Antes das festas de fim de ano você vai voar pelos ares feito fogo de artifício", disse de si para si, num tom quase inaudível.

O peleteiro só precisava dos dados da prefeitura para saber a data em que o *Artic* seria trasladado para o estaleiro para ser calafetado.

A peleteria também o esperava. A vitrine pareceu-lhe renovada e lhe pareceu que o dourado das letras estava mais resplandecente.

Inclusive sua prima, em quem nunca tinha prestado atenção, estava linda. Ela adivinhou seu olhar e se perturbou um pouco. Matilde era uma mulher de uns quarenta anos, estava bronzeada e tinha cortado o cabelo. Mas algo nela estava mudado, no aspecto e também na atitude.

Landa olhou-a desconcertado. Aquelas duas tetas erguidas tinham dado vida a um corpo apagado. Mas em seguida pensou: "O silicone é como o tecido sintético". Não obstante, a figura atraente de Matilde se impôs a seus próprios pensamentos. Landa vacilava em comentar suas impressões. Temia ofendê-la se se calasse, mas também se dissesse algo inconveniente. Por fim resolveu falar:

— Você colocou peito.

— Hoje até as meninas de quinze anos pedem como presente de aniversário.

— Não é uma crítica...

— Faz tempo que queria fazer. Mas era um pouco caro.

— Se você tivesse falado comigo...

— Primeiro me pareceu inadequado e além disso, a situação...

— Às vezes acho que eu exagero. Não são os números, é algo interior. Você me entende?

— Sempre pensei que fosse isso.

— E por que nunca me falou nada?

— Por medo.

— Você falou a mesma coisa diante da bioarquiteta. É comigo?

— Não é o seu lugar na família. É esta maldita peleteria que às vezes eu preferia ver queimada ou falida.

— Você também pensou nisso.

— Durante anos.

— Achava que eu era o único que pensava nisso.

— São duas famílias vivendo das peles.

— E muitos anos.

— Não tem coisa pior que as empresas familiares. São como um carma. Tem o empresário que não quer deixá-las. Tem o que não quer continuar. Tem pais e filhos que se separam por isso. Casamentos que se acabam. Olhe só o meu. Meu marido e eu acabamos como sócios que só se aproximavam ou se afastavam por questões financeiras. Você se esquece de que eu já tive a minha loja e que nem sempre trabalhei como empregada.

— Aqui você nunca foi empregada, e sim uma parente.

— Acho que você sabe do que eu estou falando.

— Você conversa com minha ex-mulher?

— Por quê?

— Por que vocês falam coisas parecidas.

— Não é preciso ser sua ex-mulher para perceber certas coisas.

— Você está certa. Um dia poderíamos jantar juntos e falar da família.

— Da família!

— Outra vez você está certa.

Landa estranhou que o engenheiro Gerardi telefonasse para a peleteria. Que o engenheiro telefonasse — e não Osso ou Bocconi — o fazia pensar em uma situação inesperada. Por um instante, Landa teve medo de que tudo tivesse sido descoberto.

A voz de Gerardi soou com certa gravidade ao telefone.

— Estou ligando por causa do Osso.

— Aconteceu alguma coisa?

— Venha para o rio e lhe conto.

— No rio, em que lugar?

— Você sabe, onde guardamos a lancha.

O peleteiro não vacilou em fechar a loja apesar de faltarem algumas horas para o horário habitual. Localizar a prima teria sido complicado e não queria perder tempo.

Certamente Osso teria se quebrado e a compra dos botes teria ficado a descoberto. Bocconi não teria telefonado porque, como dizia Osso, "ele só pensa em cuidar de si mesmo".

"Mas quem vai cuidar de mim", interrogou-se o peleteiro enquanto pedia ao motorista do táxi para se apressar.

Não foi Gerardi quem lhe contou o que estava acontecendo. O peleteiro recebeu a notícia da boca, melhor dizendo, da careta de Bocconi, desta vez alterada pela dor.

— Osso apareceu boiando no rio. Encontraram o corpo enrolado nestas algas que aparecem em algumas partes do Riachuelo. O corpo estava preto, como que de luto, como a cor do rio. Dizem que é uma vingança ou um sinal dos mafiosos; o verde é igual ao dos bônus. O corpo apareceu perto do polígono — disse Bocconi.

O primeiro pensamento do peleteiro não foi de dor, e sim de egoísmo. "Mas se nós íamos fazer o negócio juntos". Sentiu-se abandonado por Osso como tinha se sentido abandonado por Sarlic.

Depois, um segundo depois, sentiu um forte remorso por sua última conversa com Osso, quando suspeitou que o amigo poderia traí-lo. Naquela despedida, e com razão, Osso ameaçou quebrar-lhe a cara. Então Landa se perguntou: "Como podia ter pensado nisso? Por que achou que eu poderia pensar que ele, Osso, era capaz de me trair? Era uma piada, uma merda de uma piada".

— Outra vez fiquei sem sócio.

Nesse momento de comoção ninguém deu importância às suas palavras. Cada um estabelecia com o morto uma conexão pessoal.

— O polígono fica ao lado do rio. Está separado por apenas um alambrado. Numa dessas, deram um tiro nele. Vai saber — disse Bocconi.

— Isso deveria estar no relatório da autópsia — precisou o engenheiro.

— Se deram um tiro nele, camuflam a autópsia. Nesse polígono vai gente de todo tipo. Você nunca escutou os tiros?

— Eu não.

— Você sempre com seus ouvidos moucos.

— Não sei do que você está falando — respondeu o engenheiro, ofendido.

— Osso costumava ir praticar no polígono.

— Ele nunca me disse nada.

— A cada um ele contava certas coisas.

— Onde fica o polígono?

— Pouco antes de chegar à Ponte la Noria. Passando a barreira de plástico. Nem pense em ir lá.

— Nem pensei nisso.

— Então para que quer saber?

— Só por curiosidade.

— Ele não sabia nadar — disse o peleteiro, interrompendo a conversa.

— Sempre teve medo de morrer afogado — respondeu Bocconi, como que querendo deixar claro que ele conhecia Osso desde antes do peleteiro.

— É, o assunto do menino que não sabia nadar e que a polícia jogou no rio e se afogou impressionou-o muito — disse Gerardi.

— Como ele estava vestido? — perguntou o peleteiro.

— Isso que importância tem — disse Gerardi em um tom azedo.

— Não sei, por curiosidade — mencionou timidamente o peleteiro.

— O rio te deixa sem roupa — afirmou com contundência Bocconi.

— Alguém pode tê-lo jogado? — perguntou Landa.

— Dizem que não há pistas — respondeu o engenheiro.

— Pode não ter sido uma pessoa — insinuou o peleteiro, cada vez mais convencido do que estava dizendo. Landa sentia duas coisas: uma, que os outros estavam prestando atenção nele de um modo que nunca antes tinham prestado; outra, que avançava em uma hipótese ainda confusa, mas na qual acreditava.

— Seja claro — disse Bocconi, mal humorado.
— Alguém pode ter falado com ele à distância — enfatizou o peleteiro.
— Por celular?
— Algo parecido.
— Se alguém telefonou, a polícia poderia registrar as chamadas — interveio o engenheiro.
— Eu me refiro a uma força superior — sustentou o peleteiro com tom grave.
— Você tem razão, ultimamente ele parecia um autômato — corroborou Bocconi.
— Ou a rádio.
— Que rádio?
— A do pai de santo, o umbandista tinha um programa de rádio com o qual manipulava as pessoas.
O peleteiro falava com tal convicção que Bocconi começou a duvidar.
— Mas ele está preso...
— Na cadeia não dá para ter uma rádio clandestina — interrompeu o engenheiro.
— Isso te dá medo? — perguntou Landa a Bocconi.
— Não, por Osso não. Você me dá medo.
— Por quê?
— Porque você fala como se não estivesse sentindo nada.
Landa levou alguns segundos para responder a ele:
— Numa dessas você tem razão.
— O irmão de Osso pediu para a gente acompanhá-lo ao necrotério — disse Gerardi para quebrar a tensão.
— Ele não se dava muito bem com os irmãos — prosseguiu o peleteiro.
— Não se dava bem, mas gostava deles. No filho que vivia com ele, ele pôs o nome de um dos dois irmãos — expôs com razão Bocconi.
— O filho é outro problema — disse o engenheiro dando por concluída esta etapa da conversa.

Os trâmites para retirar o corpo não foram simples. Veio a polícia e tiveram que ir buscá-lo no Instituto Médico Legal.

Foram os dois irmãos que fizeram os trâmites. Não avisaram os outros filhos e muito menos Rosa Comte, a quem acusavam diretamente pela morte de Osso.

Quando emergiu da câmara frigorífica a maca com o corpo do amigo o peleteiro se espantou. Quando levantaram o lençol desviou o olhar para as mãos de Osso e viu que no dedo ele trazia uma aliança.

"Essa Rosa Comte o acompanhou até a morte", disse de si para si, e ficou impressionado ao se escutar chamando a mulher da mesma maneira que Osso.

A autópsia deu como resultado morte por asfixia.

— Encontraram flora bacteriana no corpo mas não havia fauna cadavérica — assegurou o engenheiro. A familiaridade com a linguagem técnica permitia a ele falar de Osso como se se tratasse de um corpo absolutamente alheio.

— Não sei do que você está falando — cortou-lhe Bocconi.

— Às vezes se encontram sinais de certa vegetação no corpo que indicam há quantos dias alguém está morto, inclusive a *causa mortis*.

— É estranho, quando Osso morava em Victoria trabalhou na Direção de Fauna e Flora.

— Landa, estou de saco cheio de você encontrar coincidências para todas as coisas.

— Te juro, Bocconi, que não é de propósito. Minha cabeça funciona assim.

Mas no rio todos comentavam que Osso tinha sido assassinado. Também dizia-se que ultimamente Osso tinha se politizado e que estava disposto a denunciar perante uma comissão tudo o que ele via no rio. Droga, contrabando, e fundamentalmente o lixo industrial que tentavam esconder para receber os bônus verdes.

Mais ainda, com o correr dos dias ganhou força a versão de que o corpo apareceu coberto de algas, isto é, que seu assassinato foi uma advertência da máfia que traficava no rio.

Por alguma estranha razão, a morte inesperada de Osso provocou uma mudança de signo em sua vida anterior.

Finalmente, até o *Greenpeace* fez uma declaração exigindo uma investigação sobre "a morte de um cidadão que havia denunciado os poderosos que jogam resíduos tóxicos no rio". Segundo esta mesma declaração, "uma mulher o havia visto em uma manifestação no Dock Sud, fazia tempo, reclamando por um familiar entre as vítimas".

"Eu era amigo de Osso", declarava orgulhoso o peleteiro. Sentia que a morte do amigo de alguma forma o amparava. Fazia dele uma pessoa acima de qualquer suspeita, inclusive para Verônica.

Passaram-se quase dois dias até entregarem o corpo. Não obstante, muita gente foi ao velório. No rio, e fora dele, continuavam falando de Osso; e as versões sobre sua morte foram se multiplicando.

Veio gente de toda parte. Da favela, do assentamento, do rio, da prefeitura e também os irmãos da Igreja Evangélica. O mais chamativo é que participaram muitos militantes do *Greenpeace*, de modo que outra vez o peleteiro transformou-se em um infiltrado. Riu-se consigo mesmo e pensou: "Se Osso pudesse participar de seu velório certamente estaria rindo comigo".

Entre as mulheres, ao longe pareceu ter visto um rosto que podia ser o de Verônica. Sempre, de longe, todas as mulheres se pareciam com Verônica. "Que paradoxo, Osso nunca quis conhecê-la, e agora que está morto, é ela quem vem vê-lo."

O mais sério era Bocconi. No meio do velório, perguntou-lhe:

— Você está pensando em continuar?

— Agora mais do que nunca — respondeu abruptamente, sem saber bem se dizia a coisa certa.

— Mas agora tudo ficou mais perigoso.

— Pelo contrário. Ninguém suspeitaria de nós, os amigos de Osso.

— Isto não é a brincadeira dos botes, isto é sério. Existe um morto. Não quero que aconteça comigo o mesmo que aconteceu com Osso.

— Acho que Osso se cansou e foi caminhando para o rio.

— Se cansou do quê?

— De ter a cabeça queimada.

— Não acredito, e o filho?

— Eu vou respeitar o acordo e vou dar para o filho o dinheiro que prometi ao pai.

— E também para mim.

— Bocconi, isto já não é uma questão de dinheiro. Basta ver o que aconteceu com Osso. Ele, sem querer, transformou-se em um símbolo.

— E isso o que tem a ver?

— É algo que eu sempre quis.

— E se alguém falou com ele ao celular? O celular poderia ser roubado. E o mataram por engano. Confundiram ele com outro — disse abruptamente Bocconi, como se tivesse tido uma revelação.

— Não, eu digo que foi por uma voz — assegurou o peleteiro de maneira profética.

— A voz do pai de santo? — perguntou Gerardi, que até esse momento tinha permanecido em silêncio.

— O pai de santo tinha um programa de rádio sobre vidas passadas. Osso deve ter escutado por aí — repetiu Landa pela segunda vez.

— Mas se ele está preso — voltou a repetir Bocconi, também pela segunda vez.

— Não sei, um discípulo, um enviado da umbanda — respondeu o peleteiro.

— A voz de Rosa Comte — disse Bocconi.

— A voz dos filhos — acrescentou o peleteiro.

— Um coro — propôs o engenheiro.

— Um coro na cabeça — disse Bocconi com a ironia que o caracterizava.

— Um coro que deixou ele louco — concluiu o peleteiro.

Disse com um misto de admiração e ressentimento. Na verdade, ficava desconcertado por Osso não ter procurado o destino que acabou lhe caindo na cabeça. Em todo caso, não tinha levado em conta esta possibilidade, ou não sabia dela.

Gerardi, sim, sabia. O engenheiro se culpou por nunca ter concretizado algo com Osso, um projeto que talvez o tivesse salvo, devolvendo-lhe a dignidade perdida. Expressão que escutou uma vez Osso dizer enquanto escutavam um sermão no templo evangélico. O peleteiro tomou-se como exemplo: "Esse é o meu caso, dignidade perdida".

Agora Landa o via resplandecente. Osso boiando no rio, irradiando um brilho estranho. Entretanto, o amigo parecia aquele farrapo que entrou no hospital em um carrinho de pedreiro, o fantasma desvairado com a cabeça perdida no dia em que o peleteiro o conheceu, mas não era no seu ar cadavérico nem na magreza daquilo que já foi comido pela morte; nem parecia com aquela radiografia humana jogada na cama do barraco. Era outra coisa. Ali resplandescente, Osso se parecia com aquele da última vez no rio, quando os três homens subiram nos botes.

Agora Osso estava no cemitério, rodeado de gente e de discursos, longe de tudo. Então o peleteiro riu com cumplicidade. Escutou-se rindo como ria Osso, aquela vez na água, entre os botes, quando disse: "O bom é estarmos vivos".

Landa jamais se esqueceria daquela risada de Osso que jazia agora em um caixão de luxo. Quem se importa, uma vez morto, com um caixão de luxo ou, como ele mesmo dizia, "morto o cão, acabou-se a raiva". Mas Landa não tinha tanta certeza de que Osso ratificaria a frase, agora que caminhava rumo ao cemitério acompanhado por um cortejo inesperado. Tinha sido uma morte cheia de versões e de rumores, mas também de honras: túmulo acompanhado de um discurso, de fotógrafos, de câmeras de televisão.

O que estava acontecendo era tão absurdo quanto imprevisível. Mas muitas vezes os acontecimentos condicionam o sentimento das pessoas. Nesse dia todos choraram: desde Bocconi até o engenheiro, desde Landa até a louca, desde os irmãos dele até algum primo distante que fazia tempo que estava desaparecido da vida de Osso.

Então um dos irmãos disse a uma jornalista, muito discretamente, como quem confia uma pista secreta: "É preciso investigar um tal Romero, um pai de santo da umbanda. Está preso em Santa Rosa. Mas você sabe, tem gente que age da cadeia. Ainda mais quando tem estes poderes".

Landa se lembrou daquela conversa com Osso sobre o tempo da vingança, e já no cemitério, o peleteiro disse: "Osso tinha razão. Tem coisas que estão para além do tempo. Talvez esta tenha sido a vingança dele, talvez assim se vingasse de Romero. Transformou-se em um símbolo", disse com sua voz menos audível, enquanto jogava uma flor em cima do caixão.

O único que não chorou foi o filho de Osso. Já tinha chorado antes, sozinho, em silêncio, como aprendera com o pai. Estava aí, paradinho como um soldado, em um misto de medo e emoção, sem saber o que ia ser de sua vida dentro de algumas horas. Onde, com quem ia viver.

"Não, Osso não se matou", disse Landa ao engenheiro.

É possível que o peleteiro tivesse razão. Osso não teria deixado este filho sozinho. Era mais que um filho. Era seu filho contra os outros que o tinham rejeitado como pai. Esse filho era seu triunfo sobre Rosa Comte, sobre Romero e fundamentalmente sobre ele mesmo.

O peleteiro ignorava por que, na viagem para Victoria, Osso tinha se transformado tanto, a ponto de parecer outra pessoa. Ainda estremecia quando lembrava seu novo modo de falar.

De pronto, na cabeça do peleteiro, ressoou a última pergunta de Osso: "O que aconteceu com Rosa Comte?"

Seu amigo tinha ido para o túmulo sem dar uma resposta a esse enigma. O peleteiro não tinha certeza de que Osso tivesse feito as denúncias que lhe confiou em Victoria. Ele gostava de fazer alarde. Ainda mais depois do que tinha confessado a ele sobre sua conversão religiosa. Mas tinha certeza de uma coisa: Osso não tinha conseguido tirar aquela mulher da cabeça.

Assim que saiu do cemitério, Landa pensou na água dos vasos de flores e na vingança do morto. "Quem será a próxima vítima?", perguntou-se.

Assim, cavilando, chegou à peleteria. Ia falar para a prima que iria se ausentar por uns dias.

— Ultimamente você está viajando muito.

— É verdade.

— Negócios ou algo sentimental?

— Não saberia lhe dizer.

— Você está triste?

Que a prima, depois de tanto tempo, o tratasse assim de modo tão próximo, era algo que o peleteiro achou estranho e comovente ao mesmo tempo.

— Um amigo morreu.

— Que pena. Eu conheço?

— Osso. Veio uma vez à peleteria.

— Aquele que se dizia eletricista.

— Como você percebeu?

— Dava para ver no olhar dele que ele não tinha nem ideia do trabalho.

— Dava para ver tanto assim?

— Era evidente.

— Mas era um bom amigo. Depois de certa idade é bem difícil voltar a fazer amigos.

— Isso é verdade. Até para nós, mulheres.

— E logo ele morreu. É que às vezes a gente se sente sozinho.

— Depois da internet, não me sinto sozinha.

— Eu achava que era o contrário.

— Tem coisas que vão te surpreender.

— O que você quer dizer?

— Coisas sobre as peles.

— Não te entendo.

— Você tem que entrar na página.

Landa não continuou com a conversa. Soube que por enquanto não convidaria sua prima para comer, apesar de ela ter se transformado em uma mulher atraente. Condenou-se por sua fraqueza diante da beleza feminina mas, sorrindo, pensou: "No fim das contas, é uma prima postiça".

X

Para Landa, Rosa Comte tinha se transformado em um mistério. Ia viajar até Santa Rosa para saber mais coisas sobre Osso, mas o peleteiro ignorava que ficaria seduzido pelo magnetismo que irradiava aquela mulher.

A primeira vez que a viu, olhou-a fixamente e tentou imaginar aquele rosto no passado; apesar de ela insistir em se enfear, seus traços guardavam certa beleza. Atualmente não era uma mulher elegante, mas dava para notar o que tinha sido em outros tempos.

"O fato é que Osso também tinha um ar distinto", refletiu Landa.

O peleteiro rememorava a longa conversa que teve com Osso em Victoria e percebeu que nunca tinha pensado em perguntar a Osso como ele tinha conhecido sua mulher.

Essa mulher havia passado três anos sem sair de Santa Rosa, visitando diariamente Romero. Todas as tardes tomava o mesmo ônibus, sempre na mesma hora, suportando o olhar dos outros passageiros que sabiam onde ela ia. Quando o ônibus ficava meio vazio as mulheres que iam à prisão se amontoavam formando um enxame. Viajavam quase em silêncio, mas ao ficar sozinhas começavam a se alvoroçar e a falar sobre a prisão e seus homens. Então, quase ao mesmo tempo, procuravam seus espelhos na bolsa para ajeitar um pouco os cabelos, pintar os lábios e esboçar um sorriso. Os espelhos iam passando de mão em mão e nunca faltava uma que dissesse: "Prefiro não me olhar".

Agora, desde que construíram um condomínio fechado na frente da prisão e a linha de ônibus interrompeu o serviço e só dá para chegar lá de táxi, o processo ficou mais leve para Rosa: ia sempre com o mesmo taxista. O homem sabia que com aquela mulher era melhor permanecer em silêncio; no máximo responder com monossílabos os seus comentários que, por sua vez, não eram muitos.

Landa ficou intrigado em descobrir do que vivia Rosa Comte todo este tempo. Existia a possibilidade de que Romero a mantivesse da cadeia. Mas três anos é muito tempo. Chegou a pensar que apesar da situação entre eles, Osso mandava dinheiro a ela; inclusive existia a possibilidade de que ela o chantageasse com algum assunto do rio.

Vivia em um bairro de Gas del Estado, localizado nos confins da cidade. Com o passar do tempo e a decadência, o bairro tinha se transformado em uma fileira de casinhas de brinquedo de aparência meio sinistra.

Enquanto se aproximava da casa, Landa deduziu que Rosa Comte devia pagar um aluguel baratíssimo, seguramente devido à influência de Romero, que mantinha seu poder ainda de dentro da cadeia. Havia também a possibilidade de ela não pagar um só centavo e de a propriedade ser de algum membro da pequena seita.

"Não é fácil esperar um homem por tanto tempo. Não é fácil esperar três anos por um homem que está preso acusado de abusar de uma filha, mesmo que seja uma filha postiça". Mas, por alguma razão, Rosa Comte aguardava todas as tardes, parada à sombra do portão, esperando chegar a hora para visitar Romero.

Do que será que falariam Romero e essa mulher? Dos negócios do rio? Era difícil porque Rosa Comte nunca viajava a Buenos Aires. De questões esotéricas? Contaria a ele todas as fofocas do bairro para que ele pudesse continuar exercendo suas funções de pai de santo? Falariam do processo judicial? Falariam dos filhos? Falariam de Osso?

Todas essas perguntas acossavam Landa, um homem em quem prevalecia a racionalidade e que ainda conservava restos deste modo de raciocionar apesar de agora ter a ideia fixa de afundar o quebra-gelos. Era difícil para o peleteiro desentranhar o que se passava na cabeça de uma mulher; essa, além do mais, tinha perdido a guarda dos filhos sobre os quais, entretanto, conservava um poder absoluto.

O assunto judicial de Romero não guardava segredos nem novidades. Tinha se transformado em um caso de abuso sexual agravado pelo fato de se tratar de uma menor, uma das filhas de sua primeira mulher. Entretanto, Romero tinha sofrido na cadeia, por parte dos outros presos, o tratamento que em geral recebem os estupradores. Apesar de sua presença provocar temor, um temor, se se quiser, religioso.

Landa tentava entender o que unia esse homem a essa mulher e por que ela teria abandonado tudo para ir atrás de Romero.

— Quem foi que lhe disse que eu tinha um mundo antes de Romero?

Rosa Comte, durante as primeiras conversas que mantiveram depois de se conhecerem, agiu com uma naturalidade entre cínica e cruel: cínica com o outro, cruel consigo mesma. Entretanto, depois de vários encontros, Landa chegou à conclusão de que não era nem uma coisa, nem outra.

Ele desconfiava dessa mulher. Desde o começo ela tinha passado às confidências de um modo suspeito, sem demonstrar desconfiança, apesar de não ignorar que aquele homem tinha vindo para averiguar algum dado sobre a morte de Osso.

Além disso, quando ela atendeu o telefonema dele, o peleteiro não vacilou em se apresentar explicitamente como um amigo daquele que tinha sido seu marido.

Também é verdade que Landa, apesar dos sucessivos encontros e conversas — que inclusive chegaram a ter um caráter mais íntimo — nunca chegou a conhecer Rosa Comte. Ele a olhava nos olhos, escutava-a falar ou rir. Tudo parecia normal. Entretanto, havia algo nessa mulher que escapava ao peleteiro.

Landa tinha ido em busca do passado de Osso. Primeiro falaria com Rosa Comte e depois iria à cadeia para visitar Romero. Queria descobrir o que Osso não conseguiu descobrir. Por que esta mulher tinha se deixado arrastar a uma vida tão sórdida?

Não foi preciso que conversassem muito para que o peleteiro entendesse que Rosa Comte estava um pouco louca.

— Acredito que cinco filhos e quase a mesma quantidade de gestações perdidas, uma atrás da outra, enlouquecem qualquer mulher. Seu amigo Osso era um doente na cama. Seu amigo só conseguia fazer sem camisinha. Falei para ele fazer uma operação. Não acredito que ele desconfiasse da própria masculinidade como disse o médico. Era outra coisa, nem sequer tinha a ver com o físico. Uma inquietação. Por sorte apareceu Romero e me libertei. Terminou-se o sexo entre nós dois.

Rosa Comte e o peleteiro, da primeira vez que se encontraram, falaram de um modo praticamente formal, quase hospitaleiro. Foi uma maneira de se apresentarem. De saber quem eram e o que faziam.

— Você veio se enclausurar em Santa Rosa, um lugar que tem o seu próprio nome.

— É puro acaso. Nunca gostei do meu nome.

— Por quê?

— Nome de santa e de tempestade.

— Eu sou Landa. Como você conheceu o Osso?

— Por acaso. E você, em que trabalha?

Landa tomou fôlego antes de responder. Esteve a ponto de dizer "sou advogado", mas um impulso o deteve. Desde a morte de Osso sentia-se outro homem.

— Sou peleteiro.

— Peleteiro! — respondeu Rosa, rindo.

— Qual a graça?

— Nada, é que eu nunca tinha falado com um peleteiro.

— Há sempre uma primeira vez.
— E o que fazia o Osso com um peleteiro?
— Ia me ajudar com um trabalho.
— Com certeza não era nada legal.
— Você faz três anos que espera um homem que está preso.
— Por outros motivos.
— Por estupro, é o que se diz.
— São calúnias.

O homem e a mulher ficaram em silêncio. Nenhum dos dois tinha ideia de como reagiria o outro. Nem era fácil para eles recomeçarem a conversa, tinham medo do rumo que ela poderia tomar.

— Quando, junto com um dos irmãos dele, reconheci o cadáver de Osso no necrotério, chamou minha atenção que ele tivesse a aliança no dedo. A aliança brilhava ainda em sua mão intumescida.

— Isso não significa nada. Eu também uso a minha — respondeu Rosa Comte estendendo as mãos para frente para que ele pudesse ver que não mentia. E acrescentou:

— É uma questão de costume.
— Sabe, Rosa, algo me chamou a atenção no corpo de seu marido.
— O quê...?
— Você nunca percebeu?
— Não.
— Que sendo tão magro tivesse dedos tão gordos.
— Como você se deteve nesse detalhe?
— Naquele momento ele estava com as mãos inchadas.
— Sua observação é um pouco mórbida.
— Fazia tempo que eu não ouvia esta palavra... E menos ainda dita para mim.
— Você veio por algo concreto...?
— Sabe o que você significava para ele?
— No começo sim, depois já não.
— Osso me disse que nunca tinha trazido sorte a uma mulher. Você se separou dele por isso?
— Eu não acredito em sorte.
— Minha senhora, eu só vim para trazer-lhe a aliança que devolveram aos irmãos no necrotério. Me deram como lembrança. Acho que eles não querem ficar com o anel. Acredito que seja seu.
— Não creio. Ninguém vem de tão longe e se mete em um assunto destes só por causa de um anel.

— Olha que coincidência. Eu também desconfio de você. Quero perguntar uma coisa.

— Diga.

— Você não acha estranho que Osso sofresse tanto em silêncio?

— Eu não acho estranho... Ele sempre contava as coisas como se elas acontecessem com outro. No começo, quando eu o conheci, pensei que a coisa era comigo. Depois compreendi que não, que era assim com todo mundo. Menos com os animais. Sobretudo com os cachorros. Pensando bem, a única vez que eu o vi sofrer foi quando ele me falou de como tinha morrido um cachorro dele. Faz muitos anos, mas mesmo assim ele não chorou nenhuma lágrima. Como se fossem duas pessoas em uma.

— Bastava olhar nos olhos dele para se dar conta de que não era assim.

— Não tinha pensado nos olhos dele...

O peleteiro foi ficando em Santa Rosa. Tudo acontecia como se o quebra-gelos ancorado em Buenos Aires estivesse condenado a esperar por ele eternamente. Esteve a ponto de contar tudo a Rosa Comte, mas não o fez. O *Artic* ainda importava. E do hotel, através das notícias de jornal, tratava de seguir os movimentos do barco. Inclusive comunicou-se com Bocconi para saber se ele tinha alguma notícia extraoficial. Mas ele lhe respondeu, de maneira destemperada, que não telefonasse; ele não queria se ver envolvido.

Por outro lado, o fato de ter escolhido um hotel na frente da rodoviária dava a ele sempre a possibilidade de voltar a qualquer hora para Buenos Aires.

A imagem de um índio num mosaico de pastilhas ocupava toda a fachada do hotel. O Calfucurá era um edifício de treze andares construído na década de sessenta e durante muitos anos foi o melhor hotel de Santa Rosa, até que o La Campiña e o Piedras Blancas, que são mais modernos, conseguiram superá-lo. "O mesmo que aconteceu com a peleteria", resmungou Landa. Por esse motivo decidiu hospedar-se em Calfucurá. Além disso, negou-se a aceitar um quarto no 13º andar porque era supersticioso. Mas ao escolher o 12º as janelas de seu quarto coincidiam com os olhos do índio que olhavam para um ponto indefinido. A verdade é que o peleteiro começou a ver a cidade através desses olhos.

Como os dias eram longos as visitas a Rosa Comte começaram a organizar seu tempo. Por outro lado, o fato de se encontrar com ela permitia-lhe adiar a visita à prisão. Landa temia conhecer Romero, e também temia se decepcionar com o encontro.

Estas circunstâncias fizeram com que o peleteiro fosse várias vezes à casa de Rosa Comte. Inclusive se atreveu a comprar um quilo de biscoitinhos que no último momento trocou por uma caixa de bombons porque os biscoitinhos pareceram-lhe muito familiares e pouco elegantes.

"Ela também tem algum interesse nas minhas visitas, um interesse que ultrapassa a ordem de Romero de receber-me tantas vezes quantas forem necessárias para ver o que eu sei do assunto do Osso."

Nesse dia, Landa tocou a campainha decidido, quase insistente.

Em algum momento, estando já no interior da casa, ela lhe ofereceu um chá e estendeu-lhe a caixa de bombons. O peleteiro disse a ela, entre sério e gozador:

— Não estão envenenados.

— Primeiro as visitas.

— Sabe por que o mataram?

— Já disse que não.

— Um irmão dele disse ao pessoal do *Greenpeace* que Osso sabia coisas do rio, negócios que comprometiam o pessoal da umbanda.

— Dizem tanta coisa... Além disso, ele gostava de dar uma de importante.

— Temo que alguém tenha dado uma ordem para ele se atirar no rio.

— Ainda faltaria você acrescentar... Romero.

— Suspeito dele e de você.

— Para mim, Osso já tinha morrido antes.

— Quanto tempo antes?

— Antes da chegada de Romero.

— Você tem medo de que Romero faça mal a seus filhos, no caso de você abandoná-lo?

— Romero gosta deles como se fossem seus.

— Não entendo.

— Você nunca entenderia.

— Me explique...

— Seria inútil.

— Você me considera tão pouco assim?

— Não é isso. É que você não é mulher.

— E Romero tratou você como uma mulher.

— De certa forma...

— Não lhe importa que Osso esteja morto?

— Eu sempre soube que ele ia terminar assim.

— Qual é o pacto que você tem com Romero?

— Nenhum, que eu saiba.

— Sabia que Osso se transformou em um símbolo?

— Mas agora ele está morto.

Landa chegou de táxi na prisão. O motorista o corrigiu: "Colônia. Não é prisão. Primeiro foi uma estância que depois foi doada. Aqui ela é conhecida por Unidade 4".

O taxista tinha razão, a cadeia duplicava a extensão do condomínio fechado. A entrada tinha um portal cuidadosamente pintado de branco com detalhes em verde e um telhadinho de vistosas telhas espanholas. Havia muitas árvores, principalmente pinheiros e eucaliptos, marcando a distância.

O peleteiro se surpreendeu quando um carcereiro abriu um portão por onde era evidente que entravam os funcionários da penitenciária e também juízes e advogados.

"Ele tinha razão, em princípio não há uma muralha."

À direita, vários pavilhões bem charmosos mostravam placas que diziam que ali dormiam os funcionários da penitenciária. Quando Landa levantou a vista encontrou uma quantidade de grandes blocos onde estavam alojados os presos.

Impressionou-se ao ver dois campos de futebol totalmente descuidados. Eram a prova evidente de que ali não havia futebol. A paisagem estava quieta.

Landa se dispôs a passar pela revista. Para tanto, tinha que atravessar o que calculou seriam três quadras antes de chegar ao pátio das visitas.

No escritório correspondente, antes da entrada dos pavilhões, Landa percebeu que várias mulheres discutiam com os carcereiros que exigiam delas papéis e certificados para as visitas íntimas. Os funcionários andavam em busca de dinheiro.

Landa imaginou Rosa Comte neste trâmite humilhante e sentiu que ao ódio crescente que sentia por Romero desde a morte de Osso acrescentava-se agora um motivo mais. Logo se disse: "Eu acho isso humilhante. É possível que ela não sinta a mesma coisa".

Ao longe reconheceu a árvore de que lhe tinham falado no hotel. Uma árvore no fundo do pátio das visitas. Era chamada de árvore do Judas, porque certa vez, nesses galhos, enforcou-se ou foi enforcado um traidor; desde então ficou o nome. Os boatos carcerários dizem que nessa data, quando cai a noite, o vulto de um corpo volta a aparecer pendurado na árvore. Contaram isso no hotel porque por aqueles dias era aniversário daquela morte. Nunca chegaram a saber se foi um suicídio ou um acerto de contas. Parece que o deixaram escolher. De outra forma, a morte dele teria sido ainda mais cruel.

Uma versão mais benigna diz que os presos sobem na copa da árvore quando têm alguma queixa ou pedem a melhoria das condições da vida carcerária.

O fato de a árvore estar no pátio das visitas era uma advertência aos presos e também aos visitantes.

Na medida em que se aproximava do lugar, Landa começou a sentir uma mistura crescente de temor e respeito. Pensou: será que o acontecido tem alguma coisa a ver com o pai de santo? Será que foi ele quem fez circular a versão do corpo balançando como um espantalho?

Mais tarde, quando Landa se encontrou com Romero e este lhe pediu material para os bonecos, o peleteiro pensou por um momento que o pai de santo tinha se inspirado na sombra do enforcado. Sem conhecer a cara dele, sem saber se era gordo ou magro, alto ou baixo, por algum motivo que não podia ser explicado, Landa o imaginou simiesco. Suspeita que se confirmou quando, ao despedir-se do pai de santo, o peleteiro olhou para o pavilhão e Romero, de uma pequena janela localizada de frente para a árvore do enforcado, devolveu-lhe o olhar.

Landa foi invadido por uma curiosidade mórbida sobre o morto. Era bem provável que alguém soubesse seu nome e certamente a história dele constaria no prontuário.

Depois, o peleteiro não conseguiu evitar relacionar essa árvore com a da rua de sua loja. "Por sorte são diferentes", disse, como se quisesse conjurar qualquer semelhança.

Mas ainda assim tentou adivinhar naqueles galhos descuidados, naquelas folhas que se embaralhavam de forma exuberante e desordenada, os traços do enforcado. Aproximou-se da árvore e tocou-a com um temor reverencial. Tocou-a esperando a descarga de uma energia que não conseguiu perceber. Isso o tranquilizou.

Quando Romero recebeu a visita de Landa não demonstrou surpresa. Certamente Rosa Comte já o teria advertido de que a qualquer momento o peleteiro iria visitá-lo na prisão.

O peleteiro lembrava-se da foto que Osso tinha mostrado a ele na igreja. A primeira coisa que fez foi olhá-lo fixamente. Tentava acomodar os traços daquela foto esmaecida no rosto que estava em sua frente. Passava de um extremo ao outro: de repente tudo coincidia, de repente tinha a impressão de que não se pareciam nem um pouco.

Romero deixou-se olhar. Até que depois de uns minutos, disse:

— Parece que minha cara lhe recorda a de alguém.

De alguma forma, como querendo esconjurar a resposta, Landa disse a si mesmo: “É um grande ator”.

O peleteiro voltou a experimentar uma sensação semelhante à que teve quando visitou Rosa Comte. Desde a morte de Osso sentia-se outro homem. De algum modo o slogan do cartaz de sua peleteria o acompanhava: tinha trocado de pele, abandonado a sua própria pele pela de outro homem.

— Romero, eu me chamo Landa.

— Quem deu meu nome a você?

— Um morto.

— Os mortos não falam.

— Você é um especialista em fazê-los falar.

— Você se refere aos meus dons...

— Vim por causa do Osso.

— O Osso nem morto deixa de trazer problema para os outros.

— Agora já não traz mais problema nenhum.

— Não creio, por algum motivo você está aqui.

— Quero saber algumas coisas.

— O que você faz?

— Sou peleteiro.

— Um trabalho sofisticado.

— Você nunca o deixou em paz.

— De tão longe?

— Sim, naquele dia Osso recebeu uma ligação no celular e eu acho que era sua.

— Você me atribui muito poder.

— Você meteu ideias na cabeça dele.

— Que tipo de ideias?

— As vidas passadas.

— Vejo que você está em dia com as minhas revelações.

— Osso achava você parecido com o Cristo que está na Igreja de Victoria.

— Vai ver que ele não se enganou.

— Ele disse que você se achava o Cristo reencarnado.

— Tanta gente me diz isso.

— Então você pediu a Osso para ele ver o Cristo em Victoria.

— Essa foi uma ideia dele.

— Acho difícil.

— Osso tinha que visitar um *Cristinho* em uma igreja em Nogoyá.

— O nonato... Alertei a ele que você sempre se move pela mesma região — acrescentou o peleteiro.

— Você é muito observador. Mas logo se vê que Osso não se animou.

— Uma vez ele não lhe obedeceu.

— E ao que parece ele não se deu muito bem.

— Por que você o escolheu?

— Deus o escolheu.

Um carcereiro se aproximou de Landa e pediu para ele esperar uns minutos. O diretor do presídio necessitava urgentemente falar com Romero.

O peleteiro fechou os olhos e tentou evocar o rosto de Romero. Não conseguiu. Uma sucessão de traços pouco nítidos o desdesenhavam rapidamente.

O pai de santo demorou uns minutos para voltar. Retornou acompanhado do carcereiro que o tratava de modo muito familiar. Então voltou a se sentar diante do peleteiro e, olhando-o de um modo provocativo, disse:

— Sempre estão me chamando para acertar algum assunto de fora da cadeia.

— Rosa Comte disse que não sabe de nada.

— Desconfie das mulheres.

— Faz três anos que ela está esperando por você.

— A mulher é o único animal que sangra por cinco dias e não morre.

— Você é um animal.

— Pelo trabalho que temos, quis o acaso que nós dois vivêssemos da mesma coisa.

— Quero saber se mataram Osso ou se ele se matou.

— Você acha que eu aqui neste lugar posso saber de alguma coisa?

— Os irmãos se conformaram com as perícias da polícia que não deram resultado algum. Eu não. Tem coisas que não fazem sentido.

— Por que você não vai à polícia ao invés de vir procurar um preso?

— Eu já lhe falei, a polícia não se interessa.

— Por que ajudar um morto?

— Rosa Comte disse que você se preocupa com seus filhos.

— Você não acha estranho que nenhum dos outros filhos se desse bem com ele? Não quiseram vê-lo nem morto.

— Estou falando do sentimento de Osso pelos filhos dele. Não deles. Quero saber quem deu a ordem.

— Você suspeita de mim?

— Suspeito de todos.
— Se fosse assim, por que eu iria lhe ajudar?
— Pode haver dinheiro.
— De onde?
— Do rio.
— O que você está dizendo?
— Negócios ao redor do Riachuelo. O tráfico das areeiras. Os bônus verdes.
— Não sei do que você está falando.
— O dinheiro não lhe interessa?
— Sabe por que estou aqui?
— Por abuso sexual.
— De uma das minhas filhas adotivas. Por isso estou isolado. Olhe para minha cara. Você acha que eu seria capaz?
— Isso nunca se nota na cara. O que sei é que foi sua ex-mulher que o denunciou.
— O que eu quero dizer é que não posso sair nem no pátio. E isso porque eles têm medo de mim. Os presos sempre têm medo do além. Nestes casos o dinheiro não serve para nada.
— Como você aguenta?
— É uma prova que o Senhor me impôs. Está acabando o tempo da visita. Volte outro dia... podemos continuar conversando.
— Então eu vou voltar.
— Você pode me trazer algumas coisas?
— Que coisas?
— Arames, linha, bolas de gude, serragem, estopa para enchimento.
— Não estou entendendo.
— Na cadeia um detento me ensinou a fabricar bonecos. Um pouco feminino, mas ajuda a passar o tempo.

Romero se levantou para se despedir. Depois caminhou até sua cela mas voltou-se sobre seus passos e disse:

— Sabe de uma coisa, quando alguém tem que morrer, não importa muito quem é que mata.

Como era de se esperar, a próxima visita de Landa não foi a Romero, mas à Rosa Comte. Olhou-a nos olhos tentando adivinhar se Romero tinha contado algo sobre ele.

Quanto afastou os olhos da mulher ainda não tinha conseguido chegar à conclusão alguma.

— Não sei por que voltei — disse de modo abrupto.

— Você voltou por minha causa.

Ele ficou em silêncio e a mulher percebeu que tinha acertado o alvo. Essa descoberta a animou. Foi como se tivesse recuperado um recurso perdido há muito tempo atrás: a possibilidade de seduzir um homem. Então retomaram aquela conversa interrompida, talvez a mais amável que tiveram desde que o peleteiro a visitou pela primeira vez.

Sem se importar muito com o que dizia, levada por um impulso do charme reconquistado, Rosa disse o que nem ela mesma suspeitava que era capaz de dizer:

— A um peleteiro devo confessar que nunca em minha vida tive um casaco de pele.

— Eu poderia lhe mandar um de presente.

— Para que é que eu ia querer um?

— Não sei, aqui o inverno é frio.

— Teria que ter outras coisas antes.

— Você não se ofende se eu lhe mandar o casaco assim mesmo?

— Faça como quiser. Desde que seja sua vontade.

— Eu gostaria de voltar a vê-la.

— Quando não vou à prisão, estou sempre aqui.

Já na porta, enquanto se despediam, a resignação que Landa arrastava consigo desde antes do encontro, talvez desde que colocara o pé fora da prisão, transformou-se em uma pequena alegria.

Então se apressou, com a necessidade imperiosa de chegar à rua para conservar esse sentimento que ameaçava esfumaçar-se, para que não se notasse nele a humilhação que — bem o sabia — viria mais tarde, porque não era a primeira vez que vivia com mulheres uma situação semelhante; e nem era a primeira vez que procurava a porta de saída. Mas respondendo a um impulso desconhecido, voltou-se sobre seus passos e disse:

— Eu vi o Romero.

— Eu supus.

— Contou a ele que nos vimos?

— Não era segredo.

— Desculpe, mas ele me pareceu um farsante.

— Veio para me dizer isso?
— Não, voltei por você. Você deve estar meio louca para ser tão leal a este homem.
— Depende do lado por onde se veja.
— Por que você entregou sua vida a ele deste jeito?
— É algo que não se pensa, se sente.
— Seu outro filho não lhe interessa.
— Não vou interferir na vontade dele.
— Você entregou sua vontade a Romero.
— A vontade é divina. Não nos pertence. Nem sequer a ele.
— Se você tivesse a possibilidade de sair daqui, sairia?
— Estou aqui porque quero, ninguém me obriga.
Landa não sabia como ir nem como ficar. A conversa tinha se transformado em um inútil e estúpido duelo verbal. Apenas atinou em dizer:
— Antes de voltar a Buenos Aires, virei para me despedir.
— Quando você vai?
— Em um ou dois dias.
— Quer tirar da mentira verdade.
— Isso foi no começo.
— Agora sou eu que não entendo.
— Você acabou de dizer, agora eu volto aqui por sua causa.
— Porque eu sou a mulher de Osso?
— Isso foi no começo.
— Você acha que eu tenho algum segredo?
— Agora já não acho mais.
— Sabe de uma coisa? Se Romero tivesse dado a ordem ele nunca me diria.
— Por que não volta a Buenos Aires?
— Você não sabe o que está falando.
— Talvez você tenha razão.
Fez-se um pequeno silêncio. Então o peleteiro retomou a conversa no mesmo ponto em que a tinha deixado no segundo dia em que trocaram palavras.
— Não entendo por que você fez isso.
— Do que você está falando?
— Deitar-se com outro homem na frente do seu marido.
— Isso é mentira.
— Osso me contou.
— Ele contava muitas coisas.
— Mas ele encontrou vocês na cama.

— Isso é diferente.

— Mas por que é que você chegou até onde chegou?

— Não sei o que ele contou a você. Mas vou lhe dizer uma coisa. Ninguém falou comigo com o respeito com que me falava o Romero.

— Mas ele está preso por conta dessa história com a filha dele.

— Quiseram prejudicá-lo.

— Você não quer ver a verdade.

— Romero é um ser espiritual.

— Gostaria de entender você.

— Um dia Romero apareceu e foi com se me conhecesse de toda a vida. É tão difícil assim de entender?

— Dito desse jeito.

— Não adianta você querer complicar. Não tem mistério nenhum.

— Gostaria de acreditar em você.

— Continua pensando que há algo oculto.

— Ninguém entrega a própria vida desse jeito.

— Você não conhece as mulheres.

— Nisso você tem razão.

O peleteiro partiu com a sensação de que Rosa Comte não lhe mentia, que não valia a pena voltar sobre o mesmo assunto. Às vezes na vida, pensou, acontecem coisas que ninguém chega a compreender totalmente.

Quando Landa decidiu visitar Romero pela segunda vez, visita que nunca chegou a se concretizar, parou antes no bar que ficava em frente à cadeia. Na verdade, mais que um bar, parecia a casa de um servidor público decadente. A porta só tinha um vidro transparente, mas não havia expositor. E só uma janela com persiana, que permanecia fechada, dava para a rua. As paredes estavam descascadas.

A tal ponto aquilo não parecia um bar, que o peleteiro se sentiu obrigado a bater na porta, como se estivesse entrando em uma casa. E apesar de haver uma propaganda de *Coca-Cola* e outra de *Quilmes*, sentiu-se um intruso. Além disso, por ser uma rua de terra, seus passos soaram apagados; e a não ser pela poeira que levantava o vento, ninguém poderia assegurar que uma pessoa tinha cruzado a porta.

"Isto aqui parece mais um depósito que um bar", pensou. Como não havia nem mesa para sentar, Landa se ajeitou no balcão.

Quem atendia era um homem de poucas palavras. Pela atitude frente aos clientes e os desconhecidos era evidente que era alguém pouco disposto a responder perguntas.

Passados alguns momentos o peleteiro começou a suspeitar que na realidade era um hotel. Confirmou quando pediu para ir ao banheiro e viu que na parte de trás do prédio havia vários quartos.

"É lógico, quem vem visitar os presos têm que dormir aqui. É uma maneira de ficar perto deles. Se vêm de longe aproveitam para passar o final de semana. Parece uma pequena prisão. Será que Rosa dormiu alguma vez nesses quartos?"

Landa tinha parado para fazer hora. Na verdade, não fazia outra coisa além de seguir as indicações que o taxista tinha dado, o mesmo que o levara até a cadeia da primeira vez. Ele, em troca de dinheiro, passou-lhe a informação do pai de santo. Também o aconselhou a tratar com a dona do bar ou com outra pessoa para averiguar se a mulher tinha partido e agora vivia na cidade.

Landa tinha presente o diálogo com o taxista enquanto buscava com o olhar alguma mulher que coincidisse com a descrição dele: "Olhos celestes, linda, trabalhadora e despachada". Mas então se lembrou de que o taxista disse outra coisa, disse que a mulher tinha ido morar com um homem na cidade.

— Parece que você sabe de tudo o que acontece na cadeia.

— Levo e trago muita gente para cá. Você me pergunta e eu lhe conto o que sei em troca de um dinheiro. Se for mentira, depois você pode me procurar no ponto. Mas se qualquer um me perguntar, eu nunca troquei uma palavra com você sobre a cadeia.

Landa propôs a ele tomarem um café, mas o taxista se negou:

— Melhor no carro e em movimento. O vento leva as palavras.

A partir desse momento o taxista aumentou um pouco o volume do rádio e tomou uma direção que o peleteiro não conhecia. O homem agia tomando certas precauções para o caso de estar sendo seguido. Landa achou aquelas medidas exageradas, mas esse pensamento o levou a perceber que ele já não era mais um ser temeroso.

O taxista se dirigiu a uma zona fabril. As ruas estavam desertas, como se todas as pessoas estivessem trabalhando. Mas o barulho do rádio contrastava com o silêncio dessas mesmas fábricas que, devido ao silêncio, pareciam desocupadas. Então o motorista começou um longo monólogo:

— O caso é que faz alguns anos que chegou o pai de santo. Vinha da Grande Buenos Aires. Tinha sido condenado por tráfico de entorpecentes, agravado por associação ilícita. Manifestava que só tinha uns gramas de pó, mas foi prejudicado pelo fato de ser proprietário de algumas boates. Completa o quadro uma separação conjugal com a agora ex-mulher, que já morreu, mas de quem ele cuidou até o final, apesar de já estarem separados. Mas também dizem que ele a envenenou e ficou com os bens. A nova mulher o visitava com frequência em Santa Rosa.

— Então a mulher que o visita não é daqui?

— Dizem que é do interior da província de Buenos Aires. Na cadeia — continuou o taxista — os relatos de umbanda, sobretudo os sacrifícios de galinhas, conferiram-lhe a princípio certa admiração entre os outros presos. Mas, com o tempo, suas manobras contribuíram para acirrar a rixa entre pampianos e portenhos. O pai de santo não ficava nem de um lado nem de outro. As coisas estavam neste pé quando um dia o pai-de-santo prometeu curar um aidético que tinha machucado a mão. Para isso, recomendou que ele mijasse na ferida, várias vezes ao dia, especialmente com a primeira urina da manhã. O pobre cristão quase perde a mão. Com isso caiu o prestígio do pai de santo na Unidade.

— Quem conseguia as galinhas para ele?

— A dona do bar. Dizem que ele teve uma história com ela e que ele uma vez pediu autorização para uma visita íntima.

— Ele tem muito poder sobre as mulheres.

Landa temeu que o taxista fosse informante do pessoal penitenciário, ou um aposentado ou exonerado da Força. A precisão técnica para se referir às coisas da cadeia era notável.

A versão do taxista diferia em parte da que Landa tinha do próprio Romero. O peleteiro se perguntou se Rosa Comte sabia da existência desta mulher.

Segundo o taxista, a princípio tinha custado ao pai de santo se fazer respeitar na cadeia já que era portenho; mas Landa, depois da visita e de falar com Romero, teve a sensação de ter se encontrado com alguém que exercia certo poder entre os detentos, inclusive entre os funcionários da prisão.

O pai de santo também disse, lembrou-se o peleteiro, que sequer podia sair ao pátio.

Landa chegou à conclusão de que o próprio Romero tinha feito circular essa história como fazia circular outras.

Telefonou para o taxista e pediu a ele para ir buscá-lo no bar. Tinha desistido de visitar Romero pela segunda vez. O motorista não estava no ponto e lhe ofereceram outro taxista, mas Landa recusou, disse que preferia esperar.

Nesse intervalo, ficou sozinho com o balconista do bar. Finalmente, Landa decidiu falar com ele.

— Bom o ponto.

— Não posso me queixar.

— Mais gente nos fins de semana. E os feriados?

— Aqui ninguém sai de férias.

Landa entendeu que o homem tinha respondido não por cortesia ou educação, mas sim porque não queria ter problemas com ninguém. O tom sarcástico da resposta o denunciava: era alguém que já tinha estado preso. Pelos passos e gestos econômicos, pela maneira sigilosa de se mover, dava para perceber que era ex-presidiário. Agora estava a uns metros da cadeia, mas ao ar livre.

Quando Landa escutou a buzina do táxi, respirou aliviado. Despediu-se com um gesto que pretendia ser um cumprimento.

A primeira quadra do percurso eles fizeram em silêncio, mas o peleteiro tinha vontade de falar.

— Romero sabia que você é o taxista que me levou até a cadeia. Você é o mesmo que diariamente leva Rosa Comte. Depois que eu lhe pedi informação sobre Romero, você falou com ele ou com ela e inventaram toda esta história.

— O que é que você está falando?

— Falou deste assunto com Rosa Comte?

— Nunca falei com essa mulher.

— Não acredito.

— Eu primeiro lhe dei a informação, e você depois me deu dinheiro.

— E isso prova o quê?

— Se você me deu dinheiro é porque de alguma forma acreditou em mim.

A resposta do taxista foi contundente. O peleteiro fez o resto da viagem em silêncio até chegarem ao hotel.

Depois da morte de Osso, algo desconhecido foi se apoderando do peleteiro.

Falou ao telefone com a prima. Tinha um compromisso com um cliente e necessitava que lhe enviasse um casaco de pele a Santa Rosa. Deu as medidas aproximadas de Rosa Comte. Com os anos, Landa não costumava se enganar com essas coisas.

O casaco levaria dois dias para chegar e calculou que ainda lhe restaria pouco menos de uma semana para se ocupar do quebra-gelos.

Leu no jornal a previsão do tempo: anunciava névoa para o fim de semana. Era sua última oportunidade. Não sentia nada, nenhuma emoção, nada. "Melhor, assim fico frio para poder agir."

A notícia sobre o clima o fez trocar a passagem de ônibus por uma de avião. A cada instante perguntava no hotel se tinha chegado de Buenos Aires uma encomenda em seu nome.

Finalmente chegou. Fechou-se no quarto e abriu o pacote como um menino abre um presente. Achou que Matilde poderia ter escolhido algo mais fino e mais caro. Teve medo de que Rosa Comte não gostasse.

Como um namorado, foi até a loja de presentes e comprou o melhor papel de presente que havia na loja. A caixa chegou um pouco amassada, mas era possível ler claramente as duas iniciais douradas: as letras L e S.

Ainda era cedo. A encomenda chegou no primeiro avião da manhã. Tinha que fazer hora. Tinha ficado de passar na casa de Rosa Comte depois do meio-dia.

Nessas ocasiões Landa costumava ser, como que se diz, uma pessoa ansiosa. Foi a uma clínica para controlar sua diabetes. Os resultados do exame, mesmo que satisfatórios, não melhoraram seu estado de ânimo. O jeito era matar o tempo. Surpreendeu-se ao perceber que também a insulina tinha deixado de ser uma obsessão.

Almoçou uma comida leve no restaurante do hotel. Já não conseguia se conter. Foi a um *cyber café*. Contou à funcionária que era a primeira vez que entrava em um lugar desses. Ela olhou para ele e disse:

— Não tem por que se envergonhar.

Com a ajuda da garota entrou no site do *Greenpeace*. Não encontrou nenhuma novidade. Uma lista de atividades. Uma série de informações sobre o *Greenpeace* no mundo. No final confirmavam que durante o fim de semana o quebra-gelos se deslocaria da doca para um estaleiro para ser calafetado. E então partiria para o Pacífico.

O futuro parecia promissor. Um estaleiro não é a mesma coisa que um porto de Buenos Aires. Confirmavam a notícia que Bocconi tinha lhe adiantado. Se sentiu mais confiante ao recuperar positivamente sua confiança em Bocconi. Confiança operacional por causa dos dados que acabava de obter.

O peleteiro calculou a hora em que Rosa Comte poderia estar em casa, então subiu para o quarto para apanhar o presente. Apesar do calor, colocou uma gravata, pediu um táxi por telefone e foi para a casa de Rosa Comte.

Suas mãos transpiravam um pouco e isso era uma coisa que ele não podia suportar. Mandou o taxista parar em um posto e, sob o pretexto de comprar água mineral, foi ao banheiro lavar as mãos.

Rosa Comte, de alguma forma, estava esperando por ele. Sabia que o homem viria se despedir, como tinha prometido. Mas se surpreendeu quando o viu de pé à porta com um enorme pacote na mão. Antes de se sentarem o peleteiro entregou-o como quem quer se livrar de alguma coisa.

Ela percebeu a ansiedade de Landa e por cortesia, não isenta de alguma ternura, decidiu abrir o pacote no mesmo instante.

— Gostou?

— O que é?

— Uma raposa da Terra do Fogo.

— Deve custar muito dinheiro.

— Nada sintético.

— Entendo pouco de peles, mas dá para ver que é legítimo.

— Vai provar?

— Não sei se devo aceitar.

— Quem lhe impede?

— Eu mesma.

— Eu nunca dei uma pele para uma mulher. Nem mesmo quando estava casado.

— Por quê?

— Nunca quis misturar negócio com sentimentos.

— E agora?

— É diferente. Sei que vou cruzar esta porta e depois que eu cruzá-la não voltaremos a nos ver.

— É melhor você levar isso de volta.

— Por quê? Você pode vender e dar o dinheiro para o Romero.

— Você quer me humilhar.

— Você tem medo que ele saiba que você aceitou um presente de um homem.

— Não se preocupe, ele já deve saber.

— Não entendo.

— Qualquer coisa que aconteça nesta cidade, eles ficam sabendo primeiro na cadeia. E o primeiro a saber é o Romero.

— Não entendo por que ele tem tanto poder.

— Muita gente deve favores a ele que não pediriam a ninguém mais por vergonha, e então pedem a Romero.

— Desculpe-me se lhe faltei com o respeito, é que eu me senti rejeitado.

— Sabe, eu acredito que o seu presente seja sincero.

— É, sim.

— Não tenho ideia de por que você faz isso. Mas acredito que não há uma segunda intenção.

— Então você aceita.

— Aceito.

O fato de ela aceitar o presente, deu à cena um caráter dramático e comovente. Esse ato impôs entre ambos um prolongado silêncio.

O peleteiro era uma dessas pessoas que, quando dão um presente, não só querem ver a reação do outro, como também controlam de maneira ostensiva e quase ofensiva se o presenteado conserva e usa o que ganhou.

— Vai provar?

— Tenho vergonha... com esta roupa.

— Não tem nada a ver.

— Está bem... mas com uma condição.

— Qual?

— Depois que você me vir, nós nos despedimos.

Landa viu Rosa Comte, a que fora mulher de Osso, com a pele de raposa que lhe ficava quase na medida. Ela ensaiou um passo e se olhou no espelho. Riu. O peleteiro não entendia este riso, mas se perguntou por que nunca antes tinha dado um casaco a uma mulher. E pensou em ao menos duas.

E essa mulher que escondia envergonhada as mãos maltratadas dentro dos bolsos do casaco, escondia-as com cuidado, com se temesse deformá-lo. Na realidade, no interior de si mesma não chegava a aceitar que a pele fosse sua. Essa mulher tirou os sapatos para que não se notasse que não combinavam; logo, com um gesto galante, levou as mãos à cabeça para ajeitar os cabelos. Nunca pensou que um homem pudesse dar semelhante presente. Por um instante se sentiu protegida dentro da pele. Essa mulher tinha mentido ao peleteiro, mentiu quando disse que ficara ao lado de Romero porque ele a tratou como mulher; não se animou a contar a ele que a essa altura das coisas sequer ela mesma sabia por que ainda ficava. E era pior ainda: mais de uma vez perguntou isso a Romero e ele lhe respondia que algum dia ele iria dizer. Já tinham se passado três anos e quem sabe quantos mais passariam até que essa resposta chegasse.

Essa mulher esteve tentada a pedir a esse homem que ficasse e que a protegesse para sempre; e entretanto, essa mesma mulher, chamada Rosa Comte, fez um sinal para ele partir. E Landa, desgraçadamente ou não, nunca percebeu que ela, mais uma vez, mentia para ele.

XI

No total, Landa passou uma semana em Santa Rosa. Pouco antes de seu retorno recebeu no hotel um pacote com um bilhete enviado por Rosa Comte. O bilhete esclarecia que deveria esperar chegar a Buenos Aires para abri-lo. Quando o abrisse, acrescentava, ia entender muitas das coisas que aconteciam no rio.

Já em casa, o peleteiro telefonou para Bocconi. Se encontrariam na garagem do barco algumas horas mais tarde. Precisava que ele o pusesse em dia sobre as questões relacionadas ao plano de ação.

Landa deixou a bolsa em cima da cama. Ao mesmo tempo que abria o pacote olhava pela janela de seu apartamento. O vento sul levantava uma pequena nuvem de poeira e arrastava as folhas das árvores.

Quando viu o conteúdo o peleteiro, em voz alta, disse: "Tem coisas que ninguém deveria fazer sozinho".

Um boneco de pano olhava-o fixamente. "Parece vivo", pensou. O peleteiro concentrou-se no brilho vazio dos olhos.

Era uma peça imperfeita. Um engendro. Imediatamente soube que tinha saído das mãos de Romero.

Ouviu o canto de um pássaro que ele pensava estar escutando pela primeira vez. Olhou para o rio e por um instante acreditou ver o cadáver de Osso boiando envolto em uma mortalha. Rapidamente notou que o rio que via da janela de seu apartamento era outro rio, um rio diferente do de Osso. O seu era um rio mais limpo, um rio da Costanera Norte.

Voltou outra vez o olhar para o boneco e tentou descobrir qual era a mensagem que Romero lhe enviava. Romero, ou Rosa Comte; talvez os dois, homem e mulher eram uma só pessoa.

Com certo receio apesar da experiência, o peleteiro deslizou uma mão pelo cabelo do espantalho e sentiu sua pele se eriçar. Fechou os olhos e tentou se lembrar.

Rosa Comte era uma mulher estranha. Landa não chegava a entender por que tinha se sentido atraído por ela. Uma mulher que já tinha deixado de ser interessante aos olhos dos homens. Não era seu corpo, não era sua voz, não eram seus olhos; era sua vida e como a havia vivido, e era, talvez, indo ao fundo das coisas, o modo de viver a vida que ainda lhe restava. Um ex-marido morto. Uns filhos enlouquecidos. Um amante na cadeia tentando incansavelmente restituir o velho espírito a uma seita.

Rosa Comte, desprezada em Tapalqué por cada uma das mulheres do povoado. Tratada como puta e como louca. Sobretudo como louca. Tinha parido cinco demônios. Quatro deles, segundo se dizia, participavam de rituais de magia negra. Não tinha um lugar para onde ir nem de onde voltar. Apenas lhe restava esperar que Romero algum dia saísse da cadeia.

Enquanto isso, Landa tentava entender por que Rosa Comte lhe dera um objeto tão sinistro. Talvez para desculpá-la, disse a si mesmo: "Ela é só uma mensageira".

Sentia-se inquieto porque encontrava na cara do boneco certo ar familiar, a careta de alguém próximo. Olhou-se no espelho e olhou novamente para o espantalho.

O peleteiro não sabia o que fazer com este boneco de olhar fixo e brilhante. Então girou-o um pouco para o lado. Esse movimento revelou-lhe um gesto, e esse gesto o atemorizou.

Aqueles olhos brilhantes, e certo esgar no rosto, como se fosse grunhir... Landa descobriu que apesar de a expressão ser de Osso, também escondia a careta que deformava as feições de Bocconi.

Teve medo. Voltou a olhar o espantalho para ver se encontrava um traço seu: "Os três homens do rio", disse. E como se o boneco pudesse escutar, prosseguiu falando em voz baixa: "É possível que, em um momento de fraqueza, Osso tenha contado a Rosa Comte o projeto do quebra-gelos".

Era um desses bonecos de pano sem nenhuma articulação. Landa voltou a se deter no rosto dele: "Sim, são os traços de Osso, sobretudo o nariz aquilino, quase de pássaro. A careta é de Bocconi. E de mim o que é que ele tem?", perguntou-se o peleteiro.

Sob certa perspectiva, que o boneco não tivesse nenhum traço que o fizesse reconhecível, era a melhor maneira de reproduzir a cara de Landa. É possível que nesse detalhe consistisse a perversão e a crueldade de Romero. Ou de Rosa Comte.

Olhou a hora e em seguida telefonou para a casa de Boccconi. Atendeu-o a esposa e lhe disse que o marido já tinha ido para o porto.

O peleteiro não teve dúvidas. Tomou um táxi e foi para o Dock Sud. Havia muito trânsito. Achou que não ia conseguir chegar antes da saída da lancha. Tinha um mau pressentimento. Landa temia pela vida de Bocconi.

A lancha já tinha partido. Do cais ele fez um sinal que Bocconi não entendeu.

Landa procurou um táxi e esperou Bocconi no final do percurso. Primeiro desceram os passageiros. Desta vez eram professores da região. Estranhou que Gerardi não estivesse. Osso tinha sido substituído por um rapaz jovem e Gerardi por um homem que tratava Bocconi com muita familiaridade.

Foi correndo até ele e abraçou-o com força. Sentiu que o outro resistia.

Bocconi olhava para ele com estranhamento e até se permitiu um ligeiro gesto de rechaço. Em seguida, afastou o corpo.

O peleteiro sentiu essa resistência. Também viu gotas de suor na cara de Bocconi. Acreditou perceber nesse rechaço um preconceito reprimido por muito tempo e que agora encontrava a ocasião para se expressar com certo desdém.

Landa olhou-o nos olhos. Sem dúvida, pensou, Bocconi desfrutava daquela situação. Lembrou-se de quando seu cúmplice acusou-o de ser um cara estranho, alguém que lhe dava medo.

Por um momento, diante desta situação ineludível, o peleteiro quis apelar a uma história do passado, a algum fato que tivessem vivido juntos. Perigoso ou divertido, dava na mesma. Simplesmente pretendia voltar a instalar aquela corrente de empatia que ia além das palavras e que pensou ter recuperado quando correu para abraçá-lo como se fosse a última vez.

— Outro dia me lembrei dos botes.

— Eu te disse, Landa, isto não é mais uma brincadeira.

O peleteiro experimentou a confusão que lhe causavam os sentimentos contraditórios. Em parte pelo corpo do boneco que trazia consigo, esse peso vivo e morto ao mesmo tempo; depois, porque não estava acostumado a manifestar seus sentimentos desse jeito, e menos ainda a um conhecido.

Então disse a ele que precisavam conversar urgentemente. O assunto do rio, esclareceu. Bocconi o chamou para voltar para o Dock Sud na lancha.

— Aconteceu alguma coisa com o engenheiro?

— A filha dele teve um bebê.

Durante a viagem de volta, não trocaram palavra. O peleteiro não queria falar na frente de testemunhas. Navegar pelo rio onde Osso tinha aparecido morto dava calafrios.

Quando ficaram sozinhos na garagem, Landa abriu a bolsa e mostrou o boneco.

Bocconi não expressou nenhuma reação.

— Você não tem medo? — perguntou o peleteiro.

— Por que eu haveria de ter?

— Acho que é o mesmo boneco que chegou até Osso.

— E eu, o que tenho a ver com isso? Eu não tenho inimigos.

— Com quanta segurança você diz isso.

— Faz muito que estou nisto. Antes de você, antes de Osso.

— Você não achou que eu ia voltar.

— Acho que você está obcecado.

— Não era o que você dizia antes de eu partir.

— O tempo passou.

— Você não me perguntou como foi em Santa Rosa. Com Romero, com Rosa Comte.

— Para dizer a verdade, essa gente nunca me interessou.

— Com certeza Osso te contou a história dele.

— Qualquer um que conhecesse o Osso sabia da história dele. Ele contou para todo mundo no rio.

— Por algum motivo, Osso se transformou num problema.

— Desde que ele se meteu com os evangélicos, ele achava tudo indecente.

— Como os bônus verdes. Sempre é possível falsificar os números, a quantidade de areia transportada, os litros de água extraída. A despoluição do rio. Como você me disse uma vez: é um rio de planície, um rio lento para despoluir. Você faz os relatórios?

— Lamento te dizer que quem faz é o Gerardi.

— Osso descobriu você ou você o tentou?

— Bastava olhar para ele para se perceber que ele era um homem que vivia tentado. Por Deus, pelas mulheres, pelos homens. Então, por que não ia estar tentado pelo dinheiro?

— Você telefonou para ele, ou pediu que Rosa Comte ou Romero ligassem?

— Não importa quem telefonou. Osso agora descansa em paz. É melhor para ele. Levava uma vida de merda. Osso foi abandonado pela mulher e era humilhado pelos filhos. Se juntou com uma louca. Ninguém gostava dele e ninguém se importava se ele estava vivo ou morto. Agora, pelo contrário, tudo mudou para ele.

— Aí é que você se engana, eu me importava com ele sim.

— É, Landa. Você quer dar um sentido para a sua vida? Já é tarde. Uma vida se faz dia a dia. Não com um gesto final, grandiloquente. Você sempre fez pouco de mim, sempre achou que eu era menos que você. Mas você precisava de mim. O rio tem dessas coisas. Onde tem um rio por perto, tudo é difícil de controlar.

— Isso foi no começo, antes dos botes. Fui correndo para te abraçar...

— Você não me abraçou, você se agarrou em mim.

— Bocconi, talvez o próximo seja você. Olhe para o boneco... Além de se parecer com Osso, ele tem a sua boca. É uma mensagem de Romero ou de Rosa Comte ou dos dois que operam nesta parte do rio.

— Se fosse assim, não faria nenhum sentido escapar.

— Você trabalha para os irmãos Soroya?

— Eu só trabalho para mim.

— O Osso já tinha me dito isso.

— Como não acreditar em um morto? E muito mais, como você insiste o tempo todo, agora que ele se transformou em um símbolo. Mas você se esquece de uma coisa.

— Do quê?

— Osso te deu meu nome.

— Isso é verdade.

— E eu quero te falar uma coisa, Landa. Se o cara quer trabalhar no rio, o nome é importante. Não se faz um nome de um dia para o outro. De um dia para o outro dá para começar. Mas não se faz em um dia, entendeu?

— Entendi.

— Você me entende quando eu digo que o cara não pode andar trocando de nome? Nem sequer para se infiltrar.

— Osso te contou a história com a menina.

— É, Osso não falava só com você.

— Sempre imaginei.

— Então agora somos dois.

O peleteiro se despediu de Bocconi. Caminhou uns passos de costas para o rio e se afastou da garagem náutica onde a lancha ficava guardada.

Temia, ainda temia ver surgir insepulto na água o corpo de Osso boiando. Viu uma sombra. Era um tronco carregado de lixo. Perdido nesses pensamentos, a voz de Bocconi interrompeu-o:

— Landa, eu quero te dizer uma coisa.

— Diga.

— O boneco não tem nada a ver com a minha cara.

— E comigo, ele tem alguma coisa de parecido? — perguntou angustiado o peleteiro pensando não só em sua cara, mas também no cadáver de Osso quando apareceu boiando no rio.

— A roupa que o Osso estava vestido quando se afogou era roupa minha.

— Isso é o que dá dar roupa usada de presente.

Fez-se um silêncio. Para Landa foi uma eternidade. A resposta de Bocconi tardava, e esta espera o afundava em uma incerteza que não lhe era desconhecida.

— Na verdade, não saberia dizer.

"Está me sacaneando", pensou o peleteiro enquanto se afastava do lugar. "Me sacaneia desde que nos conhecemos." A luz da rua o tranquilizou. Neste exato momento, quase ao mesmo tempo, ouviu a gargalhada irrompendo na noite.

Quando o peleteiro ficou sozinho, Bocconi era só uma sombra que se afastava na escuridão, um pensamento assaltou-o como um relâmpago e uma força alheia à sua vontade levou-o a voltar-se sobre seus passos e jogar a bolsa em um contêiner. Nesse instante teve a certeza de que o pai de santo o havia escolhido para se desfazer do nonato. Então se percebeu que esse engendro era o segredo que unia Rosa Comte, Romero e até o próprio Osso.

XII

É possível chegar à *Marina del Sur* de carro e com certas dificuldades, mas ninguém, mesmo na Ensenada, sabe ao certo onde fica. Um caminho leva a outro e este outro leva ao rio; um caminho que se faz por terra enquanto as construções vão se tornando baixas e pobres. Um posto de gasolina, uma curva e um descampado são os pontos de referência que os resumidos mapas, feitos à mão pelos guias de pesca, preparam para os pescadores não se perderem. Bocconi deu ao peleteiro um desses mapas desenhado com suas próprias mãos. Landa tentou, com seu escasso senso de orientação, segui-lo ao pé da letra.

É possível chegar, então, por um caminho sem sinalização visível. Os únicos pontos de referência que servem para reconhecer as redondezas do rio — e da *Marina del Sur*, claro — são os pontos de venda de iscas — minhocas, mojarras, massa — improvisados ao longo da estrada. Perguntar pela *Marina del Sur* em qualquer um desses postos equivale a fazer uma compra de iscas, e é preciso ter cuidado para não ser enganado pelo vendedor: no punhado de terra que equivale a uma porção não há mais que umas poucas minhocas, finas como arame; no saco de mojarras, mais da metade vem podre. Mas o certo é que a consulta nestes postos é um dos meios mais eficazes para se chegar ao destino; do contrário, você pode acabar indo parar no porto de Ensenada e lá ninguém sabe nada da *Marina del Sur* nem de sua frota pesqueira.

A *Marina del Sur* fica, literalmente falando, no final de uma faixa de terra, em cuja margem esquerda se abre um braço de rio e na direita uma série de garagens náuticas, pequenos estaleiros e casas em ruínas. Para chegar são e salvo será preciso se arriscar nos buracos — muitos deles profundos como lagos —, nuvens de mosquitos e montanhas de lixo. O lixo, conforme o tempo passa, vai escorregando para o rio até que rola pela margem ou vira comida de ratos, muito comuns na região.

Os mosquitos se ensanharam com a cabeça do taxista, uma cabeça brilhante e absolutamente rapada, até entrarem na *Marina del Sur*, porque agora, com a invasão dos mosquitos, ela se transformou em um enxame acinzentado. Mas não é só isso: quando o taxista consegue fechar o vidro os mosquitos que ficaram presos dentro do carro produzem um zumbido enlouquecedor. Enquanto isso, o peleteiro pede desesperadamente desculpas e tenta desajeitadamente ajudar o motorista.

Os pescadores costumam chegar à *Marina del Sur* de manhã bem cedo, metidos em roupas espalhafatosas. Conforme se diz, lá não entram mulheres. Realmente, as pouquíssimas que são vistas procuram se passar por homens, e inclusive exageram suas atitudes viris, o que faz com que as atenções recaiam sobre elas até provocar o efeito contrário: serem delatadas como mulheres. Um porto de pescadores com nome de mulher só poderia mesmo consagrar-se aos favores do homem e a reclamar sua exclusividade.

A cada cinco minutos, Landa teme ter errado o caminho. Então olha o mapa e xinga Bocconi em voz baixa. Depois de ter superado o enxame de mosquitos e as provas que impõe o mau cheiro, o peleteiro avista uma placa onde está escrito: *Marina del Sur*.

Sobre a longa margem do rio e a umas dez quadras do desvio se encontram máquinas imensas, pretejadas e barulhentas, cuja função, supõe-se, é botar no rio as barcaças de pescadores. Uma zorra montada sobre trilhos surge de um galpão de dimensões gigantescas. Um cais de madeira — frágil e apodrecida — serve para que os pescadores consigam baixar os barcos que descansam em cima dos *trailers*, no fundo do galpão.

Pouco a pouco, a *Marina del Sur* começa a se encher de gente. Dos carros descem homens vestidos com roupas náuticas cor de laranja, capas de chuva e equipamento de pesca. As máquinas começam a ranger. Cinco homens começam a mover um dos barcos até conseguir colocá-lo nos braços mecânicos do equipamento. Depois de alguns ajustes a máquina começa a se mover junto com barco para o desembarcadouro. Agora o enorme barco flutua no ar gelado da manhã.

Logo, entre os pequenos grupos que começam a se amontoar no cais — a ansiedade dos pescadores não conhece limites, e tem muitos que já armam os equipamentos do lado do carro ou nas escadas do cais —, surgem em cena alguns personagens que, com o correr do dia, para o peleteiro se transformarão em rostos familiares.

Landa observa tudo ao seu redor e olha atentamente a hora em seu relógio. Procura com o mesmo olhar ansioso encontrar a careta disforme de Bocconi, com quem marcou de se encontrar no cais. Finalmente, e de maneira sigilosa, Bocconi se aproxima pela parte traseira do táxi e tenta, como sempre, surpreender o peleteiro:

— Nunca me engano com os mapas. Até um cego consegue chegar.

— Só que por pouco os mosquitos não devoram a gente — responde o peleteiro com um tom de voz que denunciava, para qualquer um, até para o próprio Bocconi, sua pretensão de ficar bem com o taxista.

— É o calor.

O peleteiro não responde de imediato. Fica observando o movimento de vários homens que parecem estar trabalhando para Bocconi.

— Quem são eles?

— Na Marina eles são chamados de "assessores". São eles que avaliam as condições do rio e do vento, o equipamento de cada barco — iscas, bote salva-vidas, remos — e também, para dizer de alguma forma, para garantir a segurança dos pescadores, muitos dos quais, quando são perguntados, admitem por exemplo que sequer sabem nadar.

— Como Osso.

— Claro, Osso está sempre entre nós.

— Ainda mais agora que está morto.

— É como se ele só tivesse morrido para você...

— Não gosto de tanta gente.

Os assessores com seus rádios, graves e curtidos, esquadrinhavam cada pescador para saber que tipo de problemas teriam que enfrentar na viagem.

Ao final de uma hora, tudo parecia estar pronto. A fila de pescadores vai desde a garagem de barcos até o cais. Os braços mecânicos já colocaram o último barco, os "assessores" deram seu OK e começam a distribuir fotocópias entre os pescadores. As planilhas de admissão — onde consta que o contratante é plenamente consciente dos riscos que implica a navegação — já estão prontas.

— É tão perigoso assim? — pergunta o peleteiro, que parece ter dúvidas quanto a seguir em frente.

— O rio é sempre traiçoeiro.

Nesse estado de ânimo o peleteiro dá uma última olhada para a *Marina del Sur*: envolta em uma bruma espessa, um sol sujo começa a se erguer do outro lado das montanhas de lixo. Faltam dois para as sete. Landa vai ao cais para espiar seu destino, mas não vê nada além de canais estreitos e malcheirosos, sulcados por uma água negra como alcatrão. É como se olhar no espelho: A *Marina del Sur* se reflete na outra margem, que é a mesma e idêntica, e o rio faz sua parte e inverte em negativo ambas imagens.

A lancha está a ponto de entrar em movimento. O peleteiro tira de sua jaqueta uma caixa de *Dramin*, prevenido de que os solavancos da lancha podem ser violentos — agora sopra um vento considerável que no meio do rio, explica um "assessor", é bem perigoso — e provocar um desarranjo. Os comentários risonhos, brincalhões, dão nos nervos. Entretanto, o peleteiro enche a boca de saliva para conseguir engolir um dos comprimidos.

— Você veio preparado — diz Bocconi ironicamente.

— Agora já era — indica um assessor. — Era para ter tomado uma hora antes.

O peleteiro pensa — mas não diz — que é o fedor do rio que cheira a gasolina ou diesel que pode provocar espontaneamente o vômito.

Já tudo pronto para a partida, os pescadores — alinhados com suas caixas e varas — olham para trás, ansiosos, as portas corrediças do galpão, que se fecharam há alguns instantes. Quem já conhece a *Marina del Sur* sabe que só falta a presença dos capitães. Sem eles, a travessia não começa.

Um a um, os peões se retiram de cena, enquanto os "assessores" descem para os barcos os equipamentos de pesca. Nisso as portas corrediças são abertas e do galpão sai um sujeito, bem vestido, com grandes botas de borracha, jaqueta verde e chapéu da mesma cor e material. Em poucos minutos, outros como ele entram em cena. Fica evidente que são as pessoas da mais alta hierarquia do lugar, e apesar das dimensões e da envergadura das lanchas, o importante é eles mesmos acreditarem nisso: dão ordens, cumprimentam, cochicham no ouvido dos colegas. Resta agora apenas subir em suas respectivas lanchas. A névoa da *Marina del Sur* começa a se dissipar: o cenário é sombrio, mas a aparição dos capitães faz da cena um rito militar, demasiado exagerado.

— Não entendo por que você me trouxe aqui — recriminou o peleteiro a Bocconi.

— É preciso chegar ao estaleiro de dia, sem despertar suspeitas. Qualquer um diria que estamos em uma excursão de pesca.

Dada a ordem, todos embarcam. Os "assessores" são solícitos e procuram fazer com que os pescadores não percam o equilíbrio; de outro modo, mais de um cairia na água.

Em pouco mais de dez minutos, não sobra ninguém na *Marina del Sur*, além das mulheres e dos cachorros.

Os motores são ligados, os pescadores se acomodam em seus assentos e só os capitães continuam de pé, na popa, junto à barra do timão. Um deles alinha o barco no canal. Os outros vão atrás. A lancha de Bocconi e do peleteiro é a terceira nessa estranha procissão.

Os cachorros latem na margem e quando o peleteiro não consegue mais distingui-los, um certo desassossego toma conta dele. As mulheres desaparecem. A *Marina del Sur* vai ficando para trás, como se à distância a paisagem se separasse do homem e se desenhasse de maneira mais nítida: uma enseada recortada por fábricas, talvez uma faixa de terra tomada do rio, festonada por uma vegetação suja e espessa, de casas baixas e de barro amarelado por causa do derramamento de substâncias químicas. A água continua preta e nauseante. O que fica para trás tem a densidade de um poço: parece que a pessoa se atola ali, na *Marina del Sur*.

Ao longo da costa — agora se abre um canal mais largo, o vento sopra com mais força — veem-se pequenos amarradouros que terminam em casinhas improvisadas de palafita, arqueadas e, mais adiante, alguns garotos chacoalham as mãos como numa saudação.

Quando os barcos saem para o braço mais largo do rio, os mais ansiosos apressam o preparo das varas de pescar.

Já é possível ver, à distância, o cenário onde os pescadores posam com suas presas para as fotografias que todos os participantes já viram pelo menos uma vez. No lugar escolhido é que aparecem, segundo dizem, as piaparas mais ariscas do rio.

O capitão aponta o horizonte; se dirige a Bocconi, cochicha no ouvido dele. O peleteiro não escuta o que dizem, mas observa com algum receio. Depois do último braço do canal, surge um estuário imenso, ocre e cinza, de rio agitado; da última língua de terra, à direita, cuja largura não passa de dez metros, parte uma fileira de estacas semiapodrecidas, que forma uma espécie de cais interminável que avança rio adentro. Do cais não resta mais que o esqueleto, parte do qual já está submerso, e a base de pedra em cima da qual foi ajustado este costilhar de madeira. Lá estão, para o deleite dos pescadores, mas para a desgraça do peleteiro, as espécies de verão — piaparas, patis, bagres.

O entusiasmo aumenta, o vento também. Já estão quase em cima das estacas do cais, e o barco vira de lado, diminuindo a velocidade. Outros barcos já fundearam em cima das estacas e alguns pescadores, de pé, jogam o equipamento na água, o mais próximo possível daqueles dedos longos e tortuosos. O capitão observa a região e manda o motorista se aproximar o máximo possível do cais, mas sem tocá-lo. Explica a eles que se a quilha batesse em um daqueles dedos seria fatal, que depois do pique é melhor, mas as ondas — adverte — são mais fortes. Indica um lugar que, como tudo na *Marina del Sur*, é igualzinho aos demais. E lá fundeiam, diante das vértebras do que poderia ser um cais ou os restos de um animal pré-histórico. O motor é desligado e alguém xinga o vento ou o bote ou dois de uma vez só: ninguém se atreve a xingar o rio.

Landa tenta se levantar — acabam de explicar a ele que de pé a chance de ficar enjoado é menor —, mas o vento o impede e ele volta a cair no banco do barco. Tenta pela segunda vez: o barco oscila de lado ao sabor das ondas e da sua moleza. "Tenho que ficar em pé", pensa, mas agora comprova que são muitos tripulantes para um espaço tão pequeno. Tem dor de cabeça e sente uma pressão no diafragma, que desce até o estômago.

— Bocconi, acho que você fez tudo isso para me fazer desistir.

— Gosto sempre de saber com quem vou fazer um trabalho.
— Não se esqueça de que eu estou te pagando.
— Nem tudo é questão de dinheiro. A primeira coisa é cuidar do próprio cu.
— Eu não vim aqui para fazer curso de pesca.
— Se você tivesse prestado atenção, teria percebido que o pequeno estaleiro que está na sua frente é onde vão calafetar o quebra-gelos.
— É longe demais da costa para voltar nadando.
— Isso é por minha conta.
— Não é fácil escapar daqui.
— A vantagem é que aqui ninguém te encontra.
— Mas, e os pescadores?
— Se tiver neblina não tem pescaria.
— Mesmo assim, é longe demais da costa.
— Tem outro caminho por terra que eu desenhei no mapa.

Desde a morte de Osso, Landa sentia que ele tinha que fazer o trabalho sozinho. Não confiava muito em Bocconi. Muito menos depois da última conversa. "Mas é com quem eu conto", resmungou com desdém o peleteiro.

Praticamente já estava tudo previsto até os mínimos detalhes. Bastava telefonar para o celular do brasileiro e dizer a ele o dia e o lugar, umas horas antes de executar o plano.

Bocconi tinha conversado com umas pessoas que tinham ancorado um rebocador que estava perto do estaleiro. Um dia antes levariam os botes até o rebocador. Bocconi teria que levá-los por água com a lancha da prefeitura. Ficariam ali até o momento de entrar em ação.

Depois Bocconi saía de cena. Aí ficavam só Landa e o brasileiro.

— Duas motos vão esperar vocês na costa — disse Bocconi de maneira convincente.

— Isso significa envolver mais duas pessoas — respondeu o peleteiro sem muita convicção. Desde que Osso tinha morrido, poucas coisas lhe importavam.

Como estava previsto, a operação aconteceria quando o quebra-gelos se deslocasse para o pequeno estaleiro perto da Ensenada para fazer os reparos. Por esse lado do rio, a capitania vigila menos. Enquanto calafetavam o *Artic* praticamente não haveria tripulação a bordo, e assim se amenizava a questão principal que obcecava o peleteiro.

Faltava estudar a parte meteorológica e, como dissera Osso, esperar uma noite de neblina.

Landa sentiu que o espírito de Osso, seu corpo estava enterrado no sul, o acompanharia.

Nesse momento Landa se lembrou do que Osso tinha dito a ele, em uma das últimas conversas: "Se eu morrer não quero que Rosa Comte, nem o pai de santo, nem meus outros filhos, saibam onde vou ser enterrado. Tenho medo de que façam coisas estranhas com meu corpo. No final das contas é uma seita".

Dissera isso quando voltavam de Victoria, como se já suspeitasse ou pressentisse que podia lhe acontecer algo.

Mas foi impossível cumprir o que sequer chegou a ser uma promessa. Seus irmãos tiveram que enterrá-lo, depois de todos esses trâmites sórdidos no necrotério, no cemitério de Avellaneda. E para o enterro de Osso foi gente de todos os lados. Muita gente sabia onde estava enterrado o corpo dele.

É provável que Osso não estivesse tão enganado. E se um dia descobrisse que tinham profanado seu túmulo para fazer um ritual de umbanda? "Pobre Osso, nem morto vai poder descansar em paz. Desde que Romero cruzou seu caminho nunca mais conseguiu ficar em paz", sussurou o peleteiro à maneira de uma oração.

Landa chegou à banca de flores. Sabia que nesse lugar encontraria o filho de Osso, Ossinho, como era chamado por alguns.

— Você vai morar com seus tios?

— Meu pai não tinha família, eu não tenho família.

— Mas você é menor. Com doze anos não pode viver na rua. Vão te mandar para um orfanato.

— Da banca ninguém me tira.

— Fui a Santa Rosa. Sua mãe está lá.

— Para mim ela está morta.

— Me diga uma coisa, sabe de onde seu pai tirou o celular? — perguntou-lhe o peleteiro, cuja única intenção era entender o que tinha acontecido.

— Não sei, por aí.

— Tenho quase certeza de que foi por isso que mataram seu pai.

— Quem?

— Não sei...

— O pai de santo continua preso. Ele está em Santa Rosa.

— Sim, mas mesmo assim é muito poderoso.

— Por isso a gente morava na banca. A gente não tinha residência fixa.

— Mas agora é diferente. Repito. Fui até Santa Rosa.

— O pai de santo continua preso?

— Pois é. Não vai me perguntar sobre a sua mãe?

— Já disse, eu só tinha o Osso.

— Acho que você tem razão.

— Não vou ficar com meus tios e muito menos em um orfanato.

— Não se esqueça da proposta. Olha, eu devia este dinheiro para o Osso por um trabalho que ele fez para mim. Ele me disse que se acontecesse alguma coisa, para eu dar o dinheiro a você.

— Não posso ficar com este dinheiro aqui. Vou ser roubado na mesma hora.

— Você quer que eu guarde para você?

— Quero. Eu te localizo e te peço.

Roque, o filho de Osso, ficou com um pouco do dinheiro que o peleteiro tinha lhe trazido e o escondeu entre as flores num saco plástico.

O cachorro que vivia com eles começou a latir. Roque ameaçou dar uma surra nele e o cachorro se calou no mesmo instante.

— Uma vez Osso guardou dinheiro entre as flores e quando foi procurar estava todo molhado, quase não valia mais. Não quero que com este dinheiro aconteça a mesma coisa.

— O que você vai fazer?

— Não sei, o problema é a escola. Osso sempre dizia que se ele tivesse estudado a vida dele teria sido diferente.

— Dá para viver da banca de flores? Com este dinheiro você pode comprar flores novas, enxertadas. Parecem de pano. Você viu as cores que se consegue com os enxertos?

— Não acho que elas teriam muita saída aqui.

Passaram-se alguns dias. A rapidez do tempo apertava o peleteiro. O *Artic* logo partiria de Buenos Aires. Era agora ou nunca. Por alguma razão, antes de levar a cabo a operação, Landa precisou visitar novamente o filho de Osso.

De longe identificou a banca de flores. Estava iluminada. Estava decorada para a chegada do Natal. Havia flores de todas as cores e perfumes.

Roque estava atendendo uma cliente e não percebeu a chegada de Landa.

Este aproveitou para observar a banca. Agora também vendia incensos, cujo aroma, ao misturar-se com o cheiro das flores, produzia uma fragrância desconhecida, porém agradável. Quando terminou de atender, Roque foi cumprimentá-lo.

— Feliz Natal — disse Landa enquanto lhe estendia a mão. Roque apertou a mão dele mas continuou calado.

— Você não me ligou. Dá para ver que você não precisa de dinheiro.

— Passaram só alguns dias. Além disso, nas festas de fim de ano sempre se vende mais.

— Você pôs mais mercadoria.

— Os incensos vendem bem. Por aqui, não têm em todo lugar.

— Parece outra banca.

— Osso sempre dizia: para que se mudar se aqui temos nosso próprio jardim.

Como que respondendo as palavras do filho de Osso, o peleteiro examinou com maior atenção o lugar. Então encontrou a imagem iluminada da Virgem. Debaixo, certo brilho avermelhado mostrava uma gruta de pedrinhas coloridas encaixadas em uma base de plástico.

— Sabia que Osso tinha virado evangélico?

— E isso o que tem a ver?

— Digo, pela Virgem.

— Antes ele era católico.

— E você?

— Eu, a única coisa que sei é o sinal da cruz.

— Você ainda dorme aqui?

— Não vejo por que teria que me mudar. Foi o que combinei com meus tios. Fico aqui até março, quando começam as aulas.

— Você se lembra da proposta.

— Lembro.

— Ainda está de pé. Onde você vai passar o Natal?

— No bairro. Gente que era amiga de Osso. Daí vou para a casa dos meus tios. E o senhor?

— Também na casa de parentes, mas antes tenho que fazer o trabalho que comecei com Osso.

— Posso ajudá-lo?

— Não, é uma coisa que eu preciso fazer sozinho.

Decidiram que se aproximariam do quebra-gelos pela proa. Aí ficava o coração da embarcação, um sistema de bolhas que permitia abrir caminho entre o gelo. Era preciso feri-lo neste ponto.

Um carpinteiro contratado por Bocconi transportaria os dois botes do rebocador para o estaleiro.

Era noite de Natal e a vigilância estava um pouco relaxada. Além disso, o fato de o *Artic* estar em manutenção foi decisivo para que seus tripulantes decidissem festejar o Natal fora do barco.

Nessa noite, dois homens desembarcaram do rebocador tão logo chegou lá a lancha pilotada por Bocconi. Eram o peleteiro e Joao. Bocconi também tinha se ocupado das bombas incendiárias de fabricação caseira e de várias bananas de dinamite. Com isso terminava a missão. Depois a lancha da prefeitura se perdeu na escuridão do rio.

A água estava calma mas tinha a neblina necessária para executar a operação.

Em um bote ia o brasileiro e em outro Landa. Quando estivessem próximos do quebra-gelos, Joao passaria para o bote de Landa com as bombas que iriam atirar contra o barco. No outro bote só havia bombas incendiárias que, como manobra de despiste, começariam a explodir, mas no lado exatamente oposto ao pilotado por eles, isto é, pela popa.

O peleteiro não sentia medo. Agia como se fosse outro, como quando dizia que era advogado e acreditava nisso. Desta vez a névoa e a escuridão o protegiam.

Fizeram conforme o planejado. Um bote desprendeu-se sozinho e começou a queimar, enquanto, do outro, os dois homens lançavam as bombas incendiárias no ponto vulnerável do quebra-gelos.

Conforme tinham planejado, Joao lançou bananas de dinamite na direção do bote incendiado. O rio se iluminou ainda mais na escuridão.

Deste modo, o bote ocupado por Landa e Joao ficou absolutamente escondido pela névoa que imperava no rio.

Escutaram-se gritos, uma sirene e buzinas. Landa sentia que estava se sufocando dentro da roupa térmica preta que disfarçava seus movimentos na escuridão.

No meio da noite iluminada pela dinamite, Landa teve a sensação de estar diante de outro barco. Para sua surpresa, o *Artic* tinha mudado de cor: já não era mais vermelho sangue, e sim verde maçã.

Teve um momento de desconcerto que só se dissipou quando leu no casco do barco a palavra *Greenpeace*.

Landa e Joao conseguiram impulsionar o bote para a costa. Guiados pela luz do bote incendiado que parecia um arco-íris, a correnteza os levava. Por outro lado, os guardas noturnos do estaleiro estavam mais ocupados em apagar o incêndio do que em perseguir os agressores.

Landa olhou para trás para apreciar sua obra. O quebra-gelos, finalmente, ardia envolto em chamas. Nesse momento Joao se atirou do bote e nadou até a costa.

Uma luz branca perfurou a noite, escutou-se o estouro de um cano de escapamento. A moto que Bocconi tinha trazido desapareceu na escuridão.

Landa tinha tomado a precaução de vestir, debaixo da roupa de neoprene, uma calça e uma camiseta. O bote bateu em umas estacas e furou.

O peleteiro saiu do bote e conseguiu chegar até a costa porque era muito bom nadador. Tirou a roupa térmica. Sentiu frio. É possível que no apuro e com a tensão não tivesse fechado bem os punhos e a gola elástica. A água entrou em quantidade suficiente para molhar sua roupa. Com certa urgência levou a mão ao peito. Tocar a placa identificatória tranquilizou-o.

Tinha tirado antes as luvas porque se sentia muito bobo. A única coisa que não calculou foi que as botas não combinavam com a roupa.

Não reconheceu o lugar. Como a moto tinha partido para o norte decidiu caminhar naquela direção. Tentou se lembrar do mapa de Bocconi e do trajeto que tinham feito da *Marina del Sur* até o estaleiro. "Tenho que encontrar o caminho de terra que o Bocconi falou", alentou-se.

Sem noção do tempo nem da distância que teria que caminhar, finalmente chegou ao que parecia ser o bairro de algum clube, possivelmente portuário ou relacionado com o estaleiro.

A essa hora não tinha nada aberto e não queria levantar suspeitas. Seu dinheiro estava molhado. Parecia que estava perto da Ensenada. Foi por uma rua larga que, como estava iluminada, parecia uma avenida. Procurava um ponto de táxi, mas tinha consciência de que pelos frequentes assaltos seria difícil encontrar algum funcionando. De repente, viu um prédio iluminado. Era a clínica San Juan de Dios. Por ordem de Bocconi, não tinha levado documentos. Pensou em tocar a campainha, mas logo desistiu. Certamente avisariam a polícia. Deduziu que perto da clínica seria possível encontrar um ponto de táxi funcionando.

Sentou-se na soleira de uma das casas, a mais escura já que a luz do saguão estava apagada, e decidiu esperar que o dia amanhecesse. Lamentou ter se livrado da roupa térmica. Teria lhe servido de abrigo.

Foi uma espera tensa. Sobretudo quando algum cachorro começava a latir na frente do lugar onde tinha se escondido. Tinha medo de que o confundissem com um ladrão e lhe dessem um tiro. Sua vida, pensou, valia bem pouco.

Nessa vigília, a cabeça do peleteiro se encheu de perguntas. Tentava imaginar onde estaria Joao. O que aconteceu com a segunda moto? Bocconi o teria traído? Houve alguma falha logística? Ou, como aconteceu com Osso, alguém quis deixá-lo boiando no rio?

Depois pensou no quebra-gelos. Não se ouviam sirenes, nem dos bombeiros nem da polícia. Tudo estava em silêncio, como se nada tivesse acontecido.

"Talvez tenha sido só um sonho", disse, mas sentiu uma dor na ponta dos dedos queimados e um pouco de cheiro de pólvora em sua pele. Sim, tudo tinha sido de verdade, alguma verdade, ao menos.

Lá pelas nove da manhã melhorou um pouco seu aspecto e foi em busca de um táxi. Chegou ao ponto e pediu que o levassem até o centro.

Todo ensopado e sem dinheiro, viu-se obrigado a telefonar para a prima e pedir que ela o esperasse na peleteria.

Deu os dados da loja e seu nome, também o número de sua identidade. Logo, em um carro caindo aos pedaços, como costumam ser os táxis do interior, começou seu retorno à capital.

No trajeto, o taxista sintonizou o noticiário. O rádio funcionava muito mal.

— Está chegando uma tempestade — disse.

— O noticiário disse que não — respondeu o peleteiro.

— Eles nunca acertam. É por causa do vento, vem do lado do rio.

Landa ficou imóvel. Esperava que o taxista fizesse algum comentário sobre o que tinha acontecido no rio ou que no rádio dessem alguma notícia do *Artic*, mas nada.

O taxista tomou o silêncio de Landa como resposta e não voltou a abrir a boca durante o restante da viagem.

Chegou à peleteria tremendo de frio. Sua prima pagou o táxi, levou-o para os fundos da loja, secou-o com uma toalha, deitou-o em uma poltrona e cobriu-o com um casaco de pele. Landa olhou-se no espelho, e se sentiu mais ridículo que feminino.

A prima não fez perguntas. O peleteiro olhou nos olhos dela e agradeceu. Matilde levou-o para a casa dela. Landa dormiu o dia todo e acordou na manhã seguinte.

A primeira coisa que fez foi pedir para a prima comprar o jornal. Não tinha nenhuma notícia do atentado. Nada.

O peleteiro estava atônito e enquanto passava desesperadamente folha por folha não conseguia parar de pensar: "Será que o *Greenpeace* teria guardado silêncio e estaria investigando por conta própria? Talvez tivessem medo de que se repetisse algo em grande escala como o que aconteceu na Nova Zelândia com o serviço secreto francês há mais de vinte anos. Ninguém está disposto a pagar o preço político de que um fato isolado se transforme em um assunto de Estado".

Inclusive chegou a pensar que teriam averiguado a conexão que existia entre ele e Osso. E enquanto seu amigo tinha se transformado em um mártir militante do *Greenpeace*, preferiram esconder o acontecido.

Com o correr dos dias o jornal anunciou a partida do *Artic* rumo ao Pacífico para realizar novamente a luta em defesa das reservas de pinguins.

Ninguém parecia saber do acontecido. Bocconi nunca respondeu seus telefonemas. Landa pensou em ir procurá-lo no rio e pedir explicações, mas acabou não indo. Não por medo, e sim para não enfrentar o fato real de ter sido traído. Quanto a Joao, a terra o havia tragado. Osso já estava morto. Em Gerardi o peleteiro não confiava e, além do mais, o engenheiro sempre tinha sido alheio ao plano. Ninguém sabia nada do acontecido, nem sequer ele, que foi parte ativa da operação.

Algumas semanas depois o peleteiro abriu uma gaveta de sua escrivaninha e procurou um papel. Quando o encontrou, examinou-o por um instante para se certificar que era realmente o que estava procurando. Depois guardou-o no bolso.

Telefonou para o ponto de táxi que ficava perto da peleteria e pediu um táxi para as nove da manhã. Matilde estava para chegar. Escreveu um bilhete para ela com um tom muito carinhoso, coisa que o deixou surpreso.

Antes de sair, como todas as manhãs, foi tomar sua dose de insulina. Picou o dedo e sentiu um pouco de dor, também coisa estranha para ele, já que com o tempo a pele tinha se tornado insensível. Mediu na tira reagente os valores da glicose. Depois ministrou-se a insulina.

A viagem até a Ensenada pareceu-lhe muito mais longa que das vezes anteriores. Quando chegou à *Marina del Sur* um dos pescadores indicou-lhe no mapa que Landa poderia chegar ao estaleiro por terra.

Observando o mapa com atenção, Landa percebeu que naquele amanhecer, em algum momento do caminho, desconfiou de Bocconi e seguiu exatamente pela direção contrária da que ele tinha desenhado no mapa.

O estaleiro se chamava *Open Sea*. Quando esteve lá pela primeira vez Landa não tinha parado para ler o nome e até duvidou que tivesse qualquer placa. Segundo seu costume, Bocconi nunca tinha lhe dado nome algum. O peleteiro tinha levado um binóculo e procurou pelos arredores da costa e no rio algum rastro do que teria acontecido com o quebra-gelos e não encontrou sinal algum.

Ao longe, pareceu ver uma lancha que não era muito diferente da que navegou pelo Riachuelo com Osso. Até pareceu que Bocconi ia a bordo, mas quando a lancha se aproximou, percebeu que tinha sido mera ilusão.

Então apontou o binóculo diretamente para o rio e pensou ver um barco bem parecido com o quebra-gelos mas logo abaixou o binóculo com resignação porque se deu conta que outra vez tinha se enganado.

Desde a morte de Osso os acontecimentos tinham se precipitado tão abruptamente que nem parara para pensar nos efeitos que pesaram sobre ele todas as coisas que aconteceram. Lembrou-se de uma das conversas que mantivera com Rosa Comte e resmungou: "É como dizia o Osso, é como se tivesse acontecido com outro". E como que prosseguindo o diálogo que durante várias tardes teve com aquela mulher, respondeu: "É que certas coisas só podem ser feitas de maneira abrupta".

Às vezes tinha a sensação, apesar da diferença de idade entre Verônica e Rosa Comte, de que as duas tinham sido para ele uma só mulher.

Na verdade algo falhara porque tudo tinha acontecido depressa demais. E desde a morte de Osso era como se a vida o tivesse atropelado. Com a mesma rapidez com que iria se desfazer da peleteria. "Talvez tivesse sido melhor incendiá-la. Se tivesse feito isso, é possível que Osso estivesse vivo."

Mas o que mais causava estranheza ao peleteiro era que repentinamente tinha ficado sem nenhuma causa e o que era ainda mais grave era a consciência de que não era uma questão de vontade, mas de um sentimento alheio a seu coração.

De tempos em tempos, Landa voltava a sentir falta de voltar ao rio, de se juntar a Bocconi e ao engenheiro para dar um passeio de lancha. E lembrar alguma história, alguma história vivida com Osso, fundamentalmente a dos botes. Nessas fantasias lamentava que o engenheiro tivesse sido deixado de lado no plano. Então Landa, talvez para fugir de certo remorso, imaginava-se pedindo a Gerardi que recitasse o sermão do pastor na igreja da Ponte no dia em que Osso disse: "Tenho que recuperar a dignidade". Nos devaneios do peleteiro, passado o tempo, o filho de Osso se somava à tripulação.

Mas nada disso aconteceu. Landa nunca mais voltou ao rio. Desde a morte de Osso o rio era outro.

Com o passar dos meses, a ideia de que o *Greenpeace*, uma vez descoberta a conexão entre ele e Osso, decidiu esconder o que tinha acontecido no rio, foi ganhando cada vez mais consistência para o peleteiro. Inclusive chegou a suspeitar que Bocconi tivesse delatado essa conexão. Apesar de seu rancor, quando este sentimento o invadia, concentrava-se em Osso, não em Bocconi. Osso, transformado em símbolo depois de sua morte, era o responsável, pensava o peleteiro, pelo plano ter se tornado um clamoroso fracasso.

Um dia Landa foi à peleteria e encontrou uma novidade: Matilde tinha trazido um computador. O peleteiro não sabia como usá-lo e ela prometeu que o ensinaria. Pediu à prima que procurasse para ele informações sobre os últimos atos dos peleteiros em Buenos Aires, tema sobre o qual tão misteriosamente lhe havia falado. Ela disse que já não era necessário, mas o peleteiro insistiu até que Matilde, um pouco a contragosto, acabou cedendo.

No dia seguinte Landa encontrou um envelope em sua mesa. Abriu-o com certo apuro: mais do que curiosidade, era um profundo temor que o movia.

Era um relatório: a "Associação pela Libertação Animal" informava que seus membros estavam sendo perseguidos por peleteiros ativistas. A Associação denunciava telefonemas anônimos e até visitas da polícia na casa onde se reuniam.

Também informavam que, para a fabricação de um casaco de pele de chinchila avaliado em torno de 50.000 dólares, eram necessárias cento e quarenta chinchilas.

O que mais impressionou Landa foi que os peleteiros tivessem tanto poder. Além disso, tinha se sentido atraído por um artigo, escrito por um criador de peles, que denunciava os grandes perigos da Internet. Como fez da outra vez em Santa Rosa, foi a um *cyber café* e entrou no site da "Associação pela Libertação Animal".

Lá estava transcrita a carta de um peleteiro advertindo os membros da Associação que se algum leitor, simpatizante das ideias da entidade, iniciasse um incêndio contra as peleterias ou contra os criadores — perigo ao qual estariam alertas —, todos os ativistas seriam denunciados por incitação à violência.

Quando terminou de ler, o peleteiro pensou: "E eu que pensei em incendiar minha própria loja". E depois gritou: "Eu não estou sozinho".

Um dia, quando tomou a dose de insulina na peleteria, na frente da prima, percebeu que finalmente terminaria convivendo com Matilde. Depois de sua história no rio compreendeu que a solidão já o mortificara demais. Tampouco voltou à banca de flores. Um dia perguntou à sua prima:

— O que você acha de trazer o filho do Osso para vir morar com a gente?

— Não vai se adaptar — respondeu ela.

— Poderíamos tentar.

— Vai dar errado e isso vai ser ruim para todos.

Landa não insistiu com a ideia. Pouco a pouco foi deixando a peleteria nas mãos da prima. Com o aumento do turismo, a administração de Matilde e a renovação que ela trouxe à loja, a peleteria começou a renascer, a ser o que tinha sido no passado.

O peleteiro parou de falar do quebra-gelos e da árvore que ficava junto à loja. Começou a ir apenas algumas tardes à peleteria ou na hora do almoço para render Matilde. Retomou as aulas de piano que tinha abandonado ainda na infância. Praticamente concentrou-se nesta atividade.

Os cartazes de permuta de peles desapareceram da vitrine. Landa voltou a ser o homem de antes e isso não o desagradou. No dia em que Matilde, já sua mulher, exibiu na vitrine da loja algumas peles sintéticas, o peleteiro não fez o menor comentário.

Mas quando viu, debaixo de um casaco feminino, um delicado cartaz com a expressão pele de dupla face, o peleteiro pensou nas palavras de Osso, "como se fosse tão fácil mudar de pele". E acrescentou: "A pele dá para qualquer coisa".

Aproximava-se outro Natal. Já se passara um ano desde a morte de Osso. O peleteiro nunca mais voltara ao cemitério. Voltou sim a Avellaneda para procurar o filho de seu amigo. Passou antes por um supermercado e comprou coisas para o Natal. Basicamente comida e bebida: sidra, cerveja, frutas secas, panetone.

Foi ao lugar onde estava a banca de flores, mas ela tinha desaparecido. Perguntou pelo filho de Osso no bazar da esquina. O homem lhe disse que o filho de Osso estava vivendo em um assentamento ao lado da estrada, perto da barreira de Sarmiento.

Finalmente com a ajuda do taxista, que era da região, conseguiu localizar o lugar, uma rua próxima ao hospital policlínico Perón, ao lado da barreira onde começavam os assentamentos. Chegou a uma casa com um terreno enorme em uma esquina. Havia duas portas: uma estava fechada com corrente e cadeado, e ao lado a outra, menor, amarela, onde estava escrito, com tinta preta: *Família Cardoso*. O peleteiro se lembrou nesse instante que há pouco tempo no necrotério havia descoberto que Cardoso era o sobrenome de Osso.

Dava para perceber que o terreno tinha sido invadido. Por isso estava cercado com paredes bastante altas. Landa enfiou a cabeça por uma abertura e conseguiu ver dois barracos.

Um era de alvenaria, o outro de lata e papelão e um pouco de madeira. O mais contraditório era o aviso: *Tocar a campainha*. O peleteiro apertou a campainha que por algum defeito tocava ininterruptamente. Pensou então que a vida de Osso era feita desses contrastes: um barraco e uma campainha. Exatamente o mesmo que acontecia com o aviso que dizia *Família Cardoso*. Aproximou-se para ver se era a letra dele e quando confirmou que era efetivamente a letra de Osso, o peleteiro experimentou um sentimento íntimo de orgulho.

O filho tinha decidido viver como o pai. Ossinho saiu de um dos dois barracos. Estava vestido para jogar futebol. No último momento Landa tinha acrescentado à sua compra uma bola, meias e chuteiras. Sem dizer nada olhou para os pés dele. Por seu trabalho terminava acertando os números. Entregou-lhe a sacola e disse:

— Espero que te sirvam, se não você pode trocar.

O menino levou só um momento para olhar as coisas. Tirou as chuteiras e tornou a guardá-las na sacola, sem curiosidade. Não parecia um menino.

— Você pensa que é o Papai Noel?

O peleteiro ficou em silêncio, não só porque não esperava esta resposta como também porque teve a sensação de estar escutando Osso.

— Vou ver se me animo a ir ao cemitério.

O garoto olhou para ele e disse:

— Muito gente vai no fim do ano. Não acho uma boa ideia.

— Talvez você tenha razão.

Landa ensaiou um gesto de despedida. Não sabia como se despedir do garoto. E com um gesto desconhecido, que surpreendeu até a ele mesmo, aproximou-se e afagou-lhe a cabeça. Como fez no ano anterior, perguntou-lhe:

— Com quem vai passar o Natal?

— Com o pessoal do bairro.

— Amigos de Osso?

— Alguns.

— Claro, é lógico.

Cumprimentaram-se. Quando escutou a voz do menino, voltou-se como daquela vez no porto quando se despedia de Osso.

— Sabe, doutor, o senhor acertou o número.

Para este Natal, Matilde decorou a vitrine com um trenó e uma jovem vestida com um casaco de pele. Com papel laminado fez um fundo de neve.

Landa limitou-se a comentar: "Você não acha que o trenó ocupa muito espaço?". Sua mulher, sem olhá-lo, respondeu: "Depende da perspectiva pela qual se olhe".

Todas as noites, Landa se comunicava secretamente com a rede de peleteiros. Mesmo que não tão secretamente, já que Matilde um dia descobriu seu *e-mail*. Mas nunca lhe disse nada. De toda forma, era ela quem havia lhe dado a ideia.

Passou o *réveillon* com a família da prima, que em parte era sua também, e com o filho que tinha voltado dos Estados Unidos para passar as festas de fim de ano em Buenos Aires. Quando voltaram para casa, a mulher foi dormir e Landa se fechou em seu cubículo.

O peleteiro estava sozinho na frente do computador. Instantaneamente a tela iluminou o quarto. Abriu a página e procurou seus colegas peleteiros na Espanha. Enviou um cumprimento de fim de ano. No fundo de si mesmo sabia que era apenas uma formalidade.

"Foi assim", pensou, "com Osso nem houve tempo para passarmos um natal juntos".

UM ANIMAL ENCURRALADO

Beatriz Sarlo

"Uma enseada recortada por fábricas, talvez uma faixa de terra tomada do rio, festonada por uma vegetação suja e espessa, de casas baixas e de barro amarelado por causa do derramamento de substâncias químicas. A água continua preta e nauseante." Com esta frase, Pele e Osso, *o último romance de Luis Gusmán, descreve um de seus cenários desolados, às margens do Riachuelo ou do Rio da Prata. A mixórdia de barro químico e de águas solidificadas pela sujeira fabril e humana é espessa e fétida, coagulada por barreiras plásticas e barcos afundados, dejetos gelatinosos de várias camadas de história. Gusmán capta tudo isso sob a mesma perspectiva pouco escandalizada com a qual observa essa paisagem de lixão e nela vive a maioria de seus personagens. Sem moralismos, porque as coisas são assim quando nos aproximamos da costa condenada por uma conjunção de misérias. A literatura não é um manual de ecologia, já que pode apresentar, com maior poder e sem propor ensinamentos, o que é denunciado nesse mesmo manual.*

O peleteiro Landa, apesar de chegar até lá do Bairro Norte, tampouco se detém na sujeira, porque é levado por uma obsessão de vingança que começou a imaginar no dia em que o acaso, o destino ou a organização militante colocou um folheto do Greenpeace *por debaixo da porta de sua loja. Desde esse dia, é um animal encurralado por uma ameaça de extinção.*

Landa, diabético, solitário, paranoico e coerente, através desse folheto do Greenpeace *entra em um mundo desconhecido onde, em primeiro lugar, poderia encontrar explicações para a decadência de sua pequena loja de peles, um ofício que, até esse momento, havia considerado um intocável legado familiar, não um problema, mas sim o seu lugar no mundo. O acaso (que sempre desempenha uma função importante nos romances de Gusmán, porque o acaso é a forma moderna da fatalidade) o leva a conhecer Osso, que será seu sócio na empreitada que Landa imagina: um atentado contra um barco do* Greenpeace, *que tocou sua vida para tirá-la dos eixos psicológica e economicamente (as peles não são uma moda correta), apodrecendo suas certezas, ou melhor, demonstrando que ele não as tinha.*

Osso, um navegante do Riachuelo, um favelado florista, um evangélico recentemente convertido, o ex-marido da mulher de um pai de santo da umbanda, é o acompanhante em um plano que o peleteiro não houvera imaginado antes de ter em suas mãos o folheto do Greenpeace. *Primeiro escreve uma carta e a descarta, depois tenta infiltrar-se na organização para compreendê-la; mas, alheio ao estilo cultural de suas manifestações, suas encenações e seus ativistas, se decide pelo atentado.*

Os dois homens se farejam para se conhecerem, se desconfiam e se necessitam, se espiam, fazem rodeios, mas finalmente firmam seu pacto. A morte ou o assassinato de Osso, afogado no Riachuelo, deixa Landa novamente sozinho, tendo que se virar com alguns sócios menos confiáveis, gente da qual não pode ser amigo; ou seja, com quem não pode formar esta parceria moral que formou com um homem tão diferente mas a quem tentou entender por necessidade, por curiosidade de solitário, e também para ter certeza de que ele seria seu melhor cúmplice.

É preciso dizer que a trama do romance de Gusmán é extraordinariamente clássica: a história de uma vingança frustrada, sob sua forma moderna do atentado, planejada por dois homens cuja amizade está cheia de asperezas mas também de sentimentalismo recatado. Gusmán é um escritor que conhece profundamente os materiais com os quais trabalha. Ele já havia demonstrado isso antes, mas nesse romance ele produz algo assim como uma síntese de todos os materiais que aparecem em sua obra: a topografia e a paisagem dos bairros "baixos", o tom do que lá se fala, os modos ásperos, desconfiados, mas finalmente leais de algumas relações e, também o seu reverso, a suspeita da traição; as crenças chamadas populares, os malefícios, os bonecos e engendros que podem transmitir uma maldição, a resignação diante desses efeitos e causas nos quais se acredita porque se conhecem os resultados do poder sobrenatural de uns sobre os outros.

Mas, se tudo isso é verdade, o que deveria ser acrescentado é uma insistência que torna tanto Pele e Osso *quanto* Villa *(Iluminuras, 2001) romances difíceis, que Gusmán consegue escrever. A perspectiva está centrada sobre personagens com os quais é improvável estabelecer qualquer identificação; são opacos e desconhecidos. Landa, o peleteiro, não alcança os limites criminosos de Villa nem sua passiva amoralidade, mas está a uma distância nunca completamente transponível. Abúlico e voluntarista, frágil, porém firme, condenado pelo que se consideram ideologias politicamente corretas e, entretanto, compreensível em seu impulso vingativo já que também ele é um encurralado, como os animais que são mortos para produzir os casacos de pele que ele tem em sua loja.*

O romance de Gusmán traz notícias de outro mundo. Um trecho da história de Osso: "...voltando de outra viagem antes do previsto, encontrou Rosa Comte e Romero em sua própria cama. O que mais lhe chamou a atenção foi que os filhos de todos estivessem brincando ou estudando perto, na própria cama ou na rua. Naquela ocasião, Romero dissera: "Não há nada a esconder do Senhor. E se o Senhor não se ofende não há nenhuma razão para que você se ofenda. Tudo tem que seguir da mesma forma já que vamos viver todos juntos." E vivem todos juntos, e as filhas de

Osso começam a transitar por "vidas passadas" e, depois de Osso abandonar essa casa levando consigo um só de seus filhos, a quem escolheu talvez por seu nome ser Ossinho, Pai Romero governará ainda uma parte de sua vida e provavelmente de sua morte. O peleteiro, que chega de outro mundo igualmente condenado, visita Rosa, a mulher de Osso, presenteia a ela um casaco de pele, acredita que algo conseguiu entender quando vai à cadeia conhecer Romero. Ninguém pode ter certeza de que essas coisas possam ser entendidas; algo elas têm de acaso e algo de "estrangeiro". O peleteiro acha que Rosa atravessou uma "espécie de transe espiritual" quando levantou-se da cama, vestiu-se "diante do marido e de Romero" para então "caminhar ao quintal onde estavam os filhos de todos para dizer a eles que já estava na hora de comer". O peleteiro descobriu nela uma espécie de dignidade inconsciente que não pensava encontrar quando foi visitá-la. Atravessou um caminho, mesmo que nem ele nem os leitores saibamos se é possível entender para além disso.

Esse efeito de distância, em um romance que não procura a distância por outros meios, faz de Pele e Osso *uma fantasia, uma invenção, um romance original que, entretanto, trabalha com tópicos clássicos. Frente a uma literatura familiar, sobre a tribo do escritor e seus leitores, a literatura de Gusmán é sobre os que não leem. Este romance (como, por outros meios,* O trabalho, *de Aníbal Jarkowski) procura inflexões diferentes; os diálogos e a trama se ajustam a uma espécie de interdicção, como se se dissesse: isto está acontecendo com os outros, com os que não conhecem os livros onde estas coisas acontecem. Sem enternecimento populista nem miserabilismo.*

DO MESMO AUTOR
NESTA EDITORA

O VIDRINHO

VILLA

Este livro foi composto em Garamond pela *Iluminuras* e terminou de ser impresso no dia 24 de novembro de 2009 nas oficinas da *Orgrafic Gráfica*, em São Paulo, SP, em papel Polen soft 70g.